qa
文庫

寵愛の枷

斉河燈

イースト・プレス

contents

――海よ、我は汝《なんじ》と結婚せり。
汝が永遠に我のものであるように――

プロローグ

名前や顔がわからなくとも、胸が震えるほど恋しかった。

想いを伝えたくてしたためた手紙は今も出せないまま手元にある。二十……三十、いや、文字を覚えたばかりの頃から書き溜《た》めてきたから、百通以上になるかもしれない。

(やっとお会いできる……)

お礼を言える。この気持ちを伝えられる。

ルーカはレンガ造りの古びた小屋の片隅でほうと息を吐いたが、胸を締め付ける想いは減ることなく、吐いても吐いても足りなかった。

使い込まれた風合いのアガチスの作業机に並ぶのは、色彩豊かなガラス棒《カンナ》だ。薔薇《ばら》色、空色、青々と茂《しげ》ったオリーブの葉の色、そしてとろける卵黄の色——ルーカは火傷《やけど》だらけの華奢《きゃしゃ》な指でそれらを一本ずつ拾い上げると、壁面の棚に戻し入れた。

人が十人も入ればすぐさま満員になってしまう手狭なこの工房は、西の壁をガラス棒に埋め尽くされており、虹を切り取って置いたように見える。東側の壁にはぽっこりとビヤ樽《たる》型に突き出たレンガの炉があり、そのすぐ左脇に据《す》えてある古い木の台がルーカの作業用の机なのだった。

後片付けを終えてふと、南の窓に目を遣《や》る。つい先ほどまで晴天の下で紺碧色に澄み渡っていた潟《ラグーナ》は、夕刻を迎えて冴えた茜《あかね》色に輝いていた。

炉で融《と》かしたガラス種のようだ。

絡めとってみたいといつも思う。

「ルーカ、中にいるのかい？」

戸口の外から聞こえた声にはっとして振り返ると、棚の手前の柱時計は約束の十九時を示している。それは工房の戸締まりをしに行く、と言って自宅を出てから早一時間が経過したことを意味していた。

(いけない)

嫁入りの日、花嫁衣装になってまで仕事に夢中になっていたなどと、母にばれたら大目玉だ。

慌てて作業用の前掛けを外し、腰まで届く真っ直ぐな砂金石《アヴェントゥリーナ》色の髪を整えてから、つとめて笑顔で木の扉を開く。と、玄関先に立つ五十路の母――ヴィオーラは腰に手を当て呆れ顔、なにもかもお見通しの目をしている。

「物思いに耽《ふけ》っていただけ、という言い訳は通用しないよ」

「か、母さま」

「あたしが知る限りルーカ・カッリエーラという娘は、よりによって工房内でぼんやりするような質《たち》ではなかったはずだからね」

大柄の体をゆっさり揺らしながらおもむろに顔面を近づけられ、ルーカは顎《あご》を引き仰《の》け反る。その格好で数秒耐えるも、観念して口を開いた。

「……あの、つい……でもちょっと、仕事をしていたのはほんのちょっとだけよ？」

そう、数分前までルーカは炉の前に立ち仕事をしていた。

夕陽に見惚《みと》れたのは冷却を始めたから、つまり一段落ついたからだ。

エネヴィア共和国本島より北へ一・五キロ離れたこの小島、ユアーノ島における人口約百五十人はすべて女で、うち七割がガラスビーズの生産に従事している。まだ働けぬ子供と、引退した老人を除けば全員がビーズ細工師――スピアルーメである。

ルーカも例外ではなく、年齢が十に達した日から炉の前で銅線を繰り、金型《ピンツア》を握って装飾性豊かな大玉のビーズを作り続けてきた。

今日、こうして結婚の日を迎えてなお手を休められなかったのは、仕事以外に気持ちの発散方法を思いつかなかったからだ。

　この仕事中毒のせいで、ルーカは十八歳にして大人びた秀麗な容姿を持ちながら、他の少女たちのように手入れに時間を割いたことはほとんどなかった。

「せっかく島のみんながお祝いの花を持って来てくれたのに、主役がいないなんてとんだ珍事じゃないか」

　まったく、と母は白髪交じりの髪を掻き上げながら大袈裟にため息を零してみせる。

「え、みんなが来てくれたの？　お祝いに？　これまでずっと無言だったからてっきり忘れられてるのかと思ったわ」

「おまえを驚かせようって計画だったみたいだが、工房に行ったと聞いて逆に驚かされて帰っていったよ。なにも嫁入りの日まで工房へ行かなくてもと……いや、ありゃ驚きというより呆れていたね」

　なんてことだ。

　愕然《がくぜん》とするルーカに、母は片眉を上げて迫る。

「で、なにを作っていたんだい。まさかあたしに見せられないってことはないね？」

　工房の持ち主であり親方《マエストラ》である母に催促されて断れる道理はない。ルーカは観念して彼女を招き入れると、恐る恐る、冷却灰から出来上がったばかりの『新作』を掘り出してお目にかけた。

　マーブル模様が施された大粒のガラス玉は中央に銅線が通っており、ビーズと言うより棒付きキャンディの様相だ。銅線は次の工程で硝酸《しょうさん》につけて溶かされ、そこに糸を通すための穴が形成されるのだが、それは除熱が済んでからだ。原料となるソーダガラスはゆっくりと固まる性質のため、焦って冷たい液体の中に入れれば割れてしまう。

「羽模様《ピューマータ》か。まあ悪くはないね」

「本当？　よかった！　自信作なのよ」

ルーカはもっとビーズについて語りたかったのだが、母の人差し指は出口を示している。

「さ、本日の成果を見たところで今度こそ戸締まりだよ。早く行かないと日が暮れちまう。おまえ、まさか花嫁衣装を焦がしたりはしていないだろうね」

「ふふ、そんなに腕は悪くないつもりよ。前掛けだってちゃんとつけていたし」

腰に手を当てて自慢げにターンしてみせる。

レースをふんだんにあしらった生成り色の繻子《しゅす》織りのドレスは島の中では決して手に入らない上等品で、嫁ぐ相手から贈られた大事な衣装だ。しくじるはずがない。

もう一度ビーズを冷却灰に埋め、母と連れ立って工房を出る。扉の錠前《じょうまえ》ふたつにしっかり鍵をかけたのは、島の外から外敵が侵入したときのため、門外不出の道具と技術を護るためだった。

エネヴィア共和国は国土すべてが海上にあり、外貨獲得の手段を塩とガラスの交易に頼っている。特にユアーノの細工師《スピアルーメ》が作り出すビーズは時にダイヤモンドより高く取り引きされ、他国の追随《ついずい》を許さぬ産業の要だ。

　ゆえにこの島にあるものは、最高機密として遥か昔から国に護られている。細工師自身も、同様に。

　母と並んで石畳の小路《カッレ》を歩き出すと、前方では家々のシルエットを際立たせるように真っ赤な残り陽が燃えていた。

　日没だ。

「……新しい元首《ドージェ》さまはどんな方かしら」

　焼けるような赤に重ねて思い浮かべるのは焦がれ続けた人の姿。

　いかに国土が狭くとも、母が親方《マエストラ》の称号をいただいていても、ルーカが元首――この国の政治的統率者にまみえたことはない。声を聞いたことも、筆を拝見したこともない。

　だが物心がついた頃からルーカは彼、いや、その権力を有する『誰か《オンブラ》』に恋をしていた。

　誕生日には新しいドレスと色鮮やかな花束を、祭りの日にはワインとトウモロコシの粉と果物を、両手に抱えきれないほど贈ってくださる方。読み書きを学ぶ頃には家庭教師をつけ、病に臥《ふ》せったときには医師を遣わして、心細やかに見守ってくださった。

　いつか嫁ぐ日がきたら心からお仕えしなさい、と言い聞かせられてルーカは育った。

　花嫁として本島の彼に会いに行くことを夢見て、毎年、結婚の儀が行われるこの初夏の祭りの時期を過ごしてきた。

嫁入りの資格を得た十五の年から数えて三年目の今年、娶《めと》るとの書状を受け取ってどれだけ嬉しかったことか。

「今度の元首《ドージェ》さまは歴代元首の中で特別お若いとゴンドリエーレ達が噂しているのを聞いたわ。十八の私では随分歳のいった花嫁だと思われないかしら」

この結婚、ルーカに不満は微塵《みじん》もない。懸念はただただ『彼』に気に入ってもらえるかどうかだ。

「だったら最初からおまえを指名したりはしないよ。それにあたしは三回ほど花嫁に選ばれたが、三回目――おまえを産んだときは三十を超えていた。十八なんて若いほうさ」

「何度も選ばれた後ならいいわ。でも私は今回が初めてなのよ。もしお気に召さなかったら……嫌われたらと思うと、私、海の泡にでもなってしまいそうで」

「器量の心配はしなくていい。丈夫に育つようにと思いきって男の名前をつけた割に、おまえは見てくれだけはそこそこ女らしいからね」

慰められている気はしなかったが、母の言葉は確かにルーカを勇気づけた。

「いいかい、ルーカ。元首さまは元首さま、どのような方でもそこに変わりはないからね。彼の言うことを残らず聞いて、三ヶ月間、良き妻でいるように」

「はい、母さま」

「何代目の元首さまも同様におまえの夫だ。おひとりだけを特別に想ってはならない。全員を同様に愛しなさい。いいね？」

「もちろんよ」

「間違えてもガラス棒は握るんじゃないよ。技術を漏らすのは細工師最大の禁忌《きんき》、犯せばこの島に閉じこめられて二度と出られなくなる。それから、おまえは針と糸も手にしないこと。細かい作業に集中すると他のものが一切見えなくなる子だからね」

「……う。わ、わかってるわ」

わかっている。この結婚が国の土台を担う儀式の一部であり、自分に重大な役割が課せられていることも。

細工師は毎年夏に三ヶ月間元首と番《つが》い、次代の技術継承者となる子をいただく。めでたく孕《はら》めば本島で産み、一年後にはその子を連れて島へ戻る。皆が連れて帰るのは決まって女児のみだったから、きっと女の子を授かるだろうとルーカは思う。

そうして細工師《スピアルーメ》の技術を途絶えさせぬよう継承させ、未来永劫エネヴィアの財政を支えていく。それが代々受け継がれてきた細工師の務めだ。

元首以外の男と添うことは許されない。海を渡るのも結婚のとき以外ほとんどない。

つまり、この島は外敵のみならず、内から技術が漏れ出すことからも厳重に護られているのだった。

細工師たちは元首の掌の上で生かされ、護られ、繋がれる。ただ『元首の座にある者』

を愛するように教え込まれ、彼らのために身を粉にして働き、人生に数度、溺れるほど愛される。

それを喜びとしている。

「――リヴィオ！」

船着き場に顔見知りの姿が見えてきて、ルーカは石畳の小路《カッレ》の途中から駆け出した。黒いゴンドラを岸に寄せていたのはルーカと同世代のゴンドリエーレの青年だ。

淡いふわふわとした栗毛に気弱そうな容貌の彼は、男子禁制の島に合法的に近づける数少ない男のひとりで、ルーカが会話したことのある唯一の異性でもある。

「へえ、見違えたな。ルーカ、すごくきれいだ」

リヴィオの視線が上下に往復して、くすぐったさに肩をすくめる。異性とはいえひとつ年下で少年っぽさの残る彼は、ルーカにとって弟のような存在で、きれいだなどと直球で褒《ほ》められると照れずにはいられない。

「ありがとう。元首さまもそう言ってくださるといいのだけど……ねえ、今日はリヴィオが本島まで送ってくれるの？」

「ああ。君の結婚の手助けなんて本当はしたくないけどね」

「ふふ、そんなに寂しがらなくても私、三ヶ月の結婚のあとに子を産んで、一年もすれば戻ってくるわ」

「……そういう問題じゃないよ」

安心させようとして口にした台詞は、何故だか青年の顔に明らかな影を落とさせる。

「どうしたの？」

「いや。乗って。急がないと夜になる」

実を言うとリヴィオは島の女と口をきくことをゴンドリエーレの組合《スクオーラ》から禁じられていた。万が一にでも関係を結ばせないため、恋愛関係に発展させないためだ。

ルーカは知らないが、禁を犯したゴンドリエーレを待っているのは牢獄《ろうごく》だ。なにしろ相手は国の宝にして元首の花嫁、奪えば斬首と決められている。

だからゴンドリエーレ達の間では、ユアーノは人魚の島と呼ばれている。

声を聞けば命を奪われる、魔性の生き物の住み処《か》――。

「結婚おめでとう、あたしの可愛いひとり娘。気をつけてお行きよ」

櫂が水を掻き、櫂受け《フォルコラ》がギイと軋んで、手を振る母が遠くなる。急に心細さが込み上げて引き返したい衝動に駆られたが、ルーカはぐっと堪えて手を振り返した。

「母さまこそ、私がいない間、どうぞお体に気をつけて。また一年後に！」

涙で滲んだ母の姿の向こうには、花嫁の出発を知り慌てて家を飛び出してくる仲間たちの姿があった。

ぐんぐん遠ざかる岸。濃くなる潮の匂い。島から出たのも海上へ舟で漕《こ》ぎ出すのも生まれて初めてで、不安と興奮がいっぺんに膨れ上がる。

海鳥の賑やかな声に萎縮《いしゅく》しながら、本当に大丈夫かしらとルーカは思う。母と離れ、知り合いのいない場所でやっていけるのだろうか。……いいえ。

首から提《さ》げた青と白の縞《しま》模様のビーズを手の中にギュッと握りしめ、気持ちを奮い立たせる。手製のビーズのネックレスは島の女にとって常に身につけている心の支え、大切なお守りだった。

(大好きな元首さまにお逢いできるのだもの、不安に思うことなんてない)

きっと両手を広げて迎えてくださる。私が彼を想うのと同じように想ってくださる。

三ヶ月間、妻として愛してくださる。

そのための淋しさなら耐えられる。

不安と期待を共に乗せ、ゴンドラは進む。水上に突き出た標柱《ブレコレ》を、一本、二本、と順に通り過ぎながら。

もう振り返らない、と決めて最後にユアーノを凝視すると、島の向こう、遠くに白い帆《ほ》を張った警備のガレー船が二隻《せき》見えた。

1、

海の都、イオニア海の真珠、水上の迷宮、いとも静穏な国《セレニッシマ》――エネヴィア共和国を比喩する言葉は数多くあれど『祝祭の街』ほどぴたりと的を射た呼び名はない。

栄光と衰退を繰り返しながら千年続いてきた海上の人工島は、まるでその縛りのない形状の自由を謳歌《おうか》するかのように、一年を通して祭り《フェスタ》に沸く。

前年の秋から始まる謝肉祭《カルネヴァーレ》の狂騒《きょうそう》は半年にわたって続き、復活祭《パスカ》で一旦の収束を見るものの、やがて訪れた初夏、『海との結婚《フェスタ・デッラ・センサ》』で一年のうち最も華やかなときを迎える。

海との結婚、とは国家元首《プチントーロ》によって海上で執り行われる聖なる誓いの儀式である。

満潮時、黄金色の御用船で漕ぎ出した元首が、深紅の外套とコルノ帽に身を包み、潟《ラグーン》に金の指輪を投げ入れて宣言するのだ。

海と、国家との結婚を。

以降、元首は独身を貫き両手を聖なるものとして海に捧げ、誓う。

現職の間、我欲《がよく》のためにその手で俗世の女に触れぬことを。

己の掌に金を摑まず、酒を断ち、自らの利益と快楽を封じて海だけを愛することを。

そうして付近の海から列強の国々を排斥《はいせき》し、平和的な海洋支配を願うのである——と、いうのが表向きの意味で、その裏には脈々と受け継がれてきたもうひとつの意味があった。

『海との結婚』の日より三ヶ月、毎年別の細工師《スピアルーメ》の娘を妻とし番い、子を成すべし。それは司教と元首府の間に伝聞のみで受け継がれる秘された儀式だった。

＊＊＊

「——結論から言おう。わたしの代で妻を娶る予定はない」

元首官邸の三階、謁見の間にて婚礼の衣装に身を包んだルーカを見るなり、第七十二代共和国元首《ドージェ》アルトゥーロ・オルセオロはそう言って玉座の肘《ひじ》置きに頬杖をついた。深紅の外套《がいとう》の引き裾が床で波をつくり、内側から同色の内衣《ソッターナ》が覗く。

四方の壁と天井を、壁画と黄金の装飾に隙間なく埋めつくされた室内は、左右に立つ甲《かっ》冑《ちゅう》姿の衛兵達のおかげで豪奢《ごうしゃ》というより実に物々しい。

「『海との結婚』の裏に隠された名分なら心得ている。だが、我欲で俗世の女に触れてはならないという表の戒律しか知らぬ反勢力の者どもがわたしのこの聖なる手に偽物の女を抱かせようとしていることもまた、心得ている」

一拍置いて、元首は海に誓いを立てた証——人魚の刻印をされた金の指輪を嵌《は》めた手で、ルーカの背後の扉を示しながら言う。その仕草は艶をたたえた黒い大理石の床に映り込み、顔を伏せていたルーカには上下に反転して見えた。

「出口は入ってきたドアと同じだ、可愛いお嬢さん《シニョリーナ》。わたしの失脚を望む元老院議員《セナトーラ》たちには、残念ながら元首はそれほど危機感に飢えてはいないし、享楽《きょうらく》のために国の安寧《あんねい》を脅《おびや》かそうとも思っていないと伝えてくれ」

失脚？　元老院《セナート》？　どういうこと。

読み合わせたように淀みなく語られた台詞はあまりにも遠回しで、ルーカが彼の真意を悟るまでたっぷり十秒を要した。

「か、帰れとおっしゃるのですか」

ようやく発した声は、情けなく裏返ってしまう。

別人に対応されているのかもしれない。敬愛する元首がこんな態度をするはずがない。

ルーカが訝《いぶか》るも、壇上の人は元首の証である共布《ともぬの》のコルノ帽をしっかりと被り、永遠の象徴である石榴《ざくろ》のモチーフが浮き織り模様で描かれた深紅の外套を纏っている。

年の頃は二十五、六……いずれにせよ二十代半ばだろうが、身のこなしは堂に入っていて優雅だ。そのうえ彼は黒檀《こくたん》に似た黒い髪と瞳を持ち、目元は涼やかで輪郭は細く、目をみはるほど凛々しい。

ひと月ほど前に就任したばかりという新元首《ドージェ》アルトゥーロ・オルセオロはルーカがこれまで目にしたどんな人間より美しく、堅い冷たさのあるガラスのような男だった。

「陰謀の片棒を担がされて愁傷《しゅうしょう》だったな。夜目のきくゴンドリエーレを呼んでやろう。一階の船着き場で待っていろ。家はどこの区《セスティエレ》だ？　高級娼婦《コルティジャーナ》ならば聖《サンタ》クローチェ区か」

「私は細工師です！」

愚弄《ぐろう》するような台詞に耐えかねて一歩前へ踏み出すと、左右の衛兵からすかさず槍をかざされた。その磨き上げられた切っ先はシャンデリアの下できらりと危うい光を零す。

身分を疑われていることは明白だった。

(母さまから聞いていた話と全然違う)

島に伝わる花嫁の証、金の指輪さえ提示すれば誰もが丁重に扱ってくれると聞いていた。

なにしろこの結婚――期間限定の結婚は元首の義務だ。国の中枢と細工師のみが知る、『海との結婚』の裏に隠されたもうひとつの儀式。

「私を呼んだのは元首さまだったはずです。娶っていただけると伺っています。第一、表の戒律しか知らぬ人間の謀《はかりごと》であるなら細工師との結婚を引き合いには出さないはずです。なのに帰れだなんて」

道理が違う。

リヴィオも国からの依頼で送迎にやってきたと言っていたし、島の検問所でその書状も提出した。追い返される筋合いはない。第一、この扱いはまるで罪人だ。

訴えるルーカに、元首は目を細めて不審げに言う。

「わたしは誰も呼んではいない。表向きの『海との結婚』の儀を終えたあと、大司教から裏の意味を聞かされ海の娘を娶れとの仰せがあったが丁重にお断りした」

「私ではお気に召しませんでしたか」

「そんなことは言っていない。断ったはずなのに来た、というのがまず怪しいと言っているのだ。しかもおあつらえ向きの美女ときた。娼婦と疑うなと言われても無理がある」

だからといって何故陰謀を疑われなければならないのか、ルーカには理解できなかった。

「今、大司教のもとへ遣いをやって確認させているが、結果は聞くまでもないだろう。観念して部屋の外へ出ろ。尋問したいのはやまやまだが、女だからな。今日のところは帰してやる」

「お待ちください！　私は本当に細工師です。毎日、国のために炉の前で働いています。このネックレスも自分で作ったもので、今日、元首さまに見ていただこうと……」

胸元のビーズに触れる。一粒が親指の先ほどのこのビーズは、青と白の不透明なガラスを組み合わせて層にした二色使い《ピコローリ》で、エネヴィアの海をイメージし今日のために仕上げた一品だった。

——ああ、どうしたらわかってもらえるの。

しかし身分を証明しようにも、指輪の他にユアーノ島からやってきたことを示すものは持ち合わせていない。

花嫁衣装も手荷物用の鞄も、結婚の日のためにと元首を名乗る人物が贈ってくれたもので、島のものなどなにひとつ含まれてはいない。

仕事に関する道具は工房から持ち出してはならない決まりがあるし、実践して見せるのは最大の禁忌で、犯せば二度とユアーノ島から出られなくなる。証明のしようがない。

「私は……私は、元首さまを」

お慕いしている。そのように育てられている。

もしもこのまま追い返されたら、この気持ちをどこへ持っていったら良いのか。母や島のみんなに、継承者を得られなかったことをどう説明したら良いというのか。

「一晩でかまいません。私を、妻にしていただけないでしょうか。御子を授けていただけないでしょうか」

彼の赤い織り地の外套に施された、石榴のモチーフが涙で歪《ゆが》んで見えなくなる。立派な背面の金細工の椅子も、背後の壮大な壁画もだ。

「お願いします。でなければ私は、なんのために細工師として生まれてきたのかわかりま

せん」

健気に胸の前で指を組み合わせて乞うルーカを見ても、元首の頑《かたく》なな態度は変わらない。

「おまえに希望と責任があるように、わたしにも理想と責務がある」

「理想……？」

「わたしを元首に推した評議会議員の多くは、一般市民《チタディーレ》の声に圧されて自分の利権を守るためにしぶしぶ動いた貴族だ。貴族は議席を金で買い、大してモノを考えてはいない。千年もの繁栄の末に奴らが腐らせたこのエネヴィアを、わたしは必ず救うと市民に誓った」

民を引き合いに出されてはルーカも楯突《たてつ》く勢いを削がれてしまう。大貴族の出身と聞いていたが、元首は随分と市民に肩入れをしているようだ。あるいは、貴族を嫌悪する理由でもあるのか――。

そこで口を開いたのは、元首のすぐ右横に控える青紫色の外套姿の男だった。

「アルトゥーロ様、よろしいですか」

元首の良く通る低い声と比べ、ワントーン高い柔らかみのある声。

男はさらりとした金の髪を斜めに隠すように縁のない帽子を被っており、引きずるほど長い同色の外套を羽織っている。手元にはビザンチン風に先が広がった袖口の服が覗いていて、右手には紙束を纏《まと》めた本のようなものを抱えていた。

補佐官だ。

元首は在任中に一人以上の補佐官を従え、意思の決定を下すとき必ず彼らの賛同を必要とする。国の頂点に立つ者に多く権力が集中しないよう、元首にはさまざまな制約が設けられているのだ。

「なんだ、ミケーレ」

呼ばれた補佐官はますます恭しく頭を下げて発言する。

「彼女の手を見るに、甘やかされて育った貴族の娘や、男に媚《こ》びる娼婦とは少々異なるように思えます」

「手？」

その視線がふいにルーカの手元に注がれた。男は、自らの手の指を元首に示して述べる。

「右手の指だけでなく左手の指にも皮膚が硬くなった部分が見られます。あれは左手で銅線を握り、右手で金型を握っている証拠ではないかと」

まさにその通りだった。島の外の者が決して知らないはずの制作の風景を見てきたように言い当てられてルーカは息を呑《の》む。

何者だろう。

「流石《さすが》に詳しいな。何故、というのは愚問か。例の筋からの情報か？」

「……いえ、私の独自の判断です」

小声で言い合う彼らの間には周囲が関知できない領域があるように見えた。すると補佐官は続けて、自らの手首のあたりを示しつつ言う。

「娘の手をよくごらんください。火傷の痕が斑点《はんてん》のようにいくつも見受けられます。ガラスを扱うのに負ったものでしょう」

「仕込みかもしれぬ」

「あれはここ最近のうちについた痕ではありません。何年にもわたって、少しずつ数を増やしてきたもの。自信家のグラデニーゴがアルトゥーロ様の元首就任を見越して何年も前から周到に準備を整えていたとは思えません」

グラデニーゴ……ルーカには聞き覚えのない名前だ。

強気の補佐官に、元首も譲らない。

「間者だった場合、どう責任をとるつもりだ。わたしだけの処分で済めば良いが、過去、海への誓いを守りきれなかった元首の時代には必ずペストが流行している。でなくとも、これ以上政治が市民を失望させれば民衆蜂起《ほうき》にでも発展しかねない」

「娘をこのまま放り出したとしても結果はそう変わりないでしょう」

「どういう意味だ」

「もし本物の細工師で、大司教が呼び寄せた娘だったとするなら、追い返すのはあまりにも無礼。我が国のもうひとつの柱である大司教に背いたとなれば、いかに元首といえど糾弾は免れないのでは」

「……」

元首が考え込むように横を向き、真っ直ぐに通った鼻筋が明らかになる。ルーカはいっとき目の前の状況を忘れ、憂いを帯びたアルトゥーロの横顔に魅入った。

（この方が、私の想い人……）

想う身分にいらっしゃる方。

コルノ帽からはみ出した髪は窓の外の闇よりも暗く、切れ長の目尻には色気があり、ただ椅子に腰かけているだけにもかかわらず簡単には揺るがない威厳を感じる。

同じ男でも、リヴィオとはまったく別の生き物だ。もちろんすぐ隣に立つミケーレとも。

ミケーレには華があるが、アルトゥーロには深みがある。

対面していると、吸い込まれそうな錯覚を覚える。

まるで闇の深淵《しんえん》を覗いているような……。

ルーカがクラリと目眩を感じたとき、背後の扉が勢い良く外へ開いて、細長い木の書簡箱を携えた従者が前のめりに駆け込んできた。

「アルトゥーロ様に申し上げます」

そう言って、ルーカの斜め前で片膝をつき、肩で息をしながら書簡箱を差し出す。

「なんだ、申せ」

「大司教は老衰のため今朝方から体調を崩し、臥せっておられるとのこと。どなたの面会も受け付けないそうです」

「……ご苦労だった」

つまりルーカを呼び寄せた人物が大司教であるという裏付けは取れなかったのだ。

ユアーノ島からここへ送り届けてくれたリヴィオを呼んで証言させて欲しい、と言おうとしたが、島の検問所を通過した件を知っていてこの状態なのだから無駄な行為だろうとすぐに思い直した。

「ますます陰謀めいて感じられるな」

「娘をつまみ出しますか」

尋ねながら左の衛兵がルーカに槍を向けると、右の衛兵も後《おく》れをとるまいと一歩距離を詰めて鋭い先端をかざした。

頬を掠めそうな位置にぞっとして体を萎縮させた途端、軽く金属が重なる音がして目の前から鋭利なものの存在が消える。

よくよく見てみれば、元首がミケーレの腰に下がっていた刀身の長い剣《スパーダ》を手にしており、それが衛兵の槍を除《の》けたようだった。

「え……」

「武器を置け。わざわざ壊すこともない。所詮《しょせん》『外』のものだ」

一瞬の出来事に息を呑んだルーカには、なにを示唆《しさ》してそう言われているのか想像もつかない。ただ、刃を手にした元首は俊敏《しゅんびん》で、気配は艶のある闇を思わせ、背筋があわだち目が離せなくなる。

（政治家というのは皆、こんなに刃物を使い慣れているものなの……？）

するとアルトゥーロはなにかに気づいた様子で自らの外套の裾をじっと見下ろし、煩《わずら》わしそうに目を細めると、おもむろにそれを床の上へと脱ぎ捨てる。そうして、あろうことか手にしていた剣《スパーダ》を布地の上から勢いよく突き立てた。

鋭い衝突音にビク、とルーカは背筋を伸ばして固まってしまう。一体なにが起こったのだろう。

「これは損《そこ》なっている。もう必要ない。新しいものを用意しろ」

忌々しげに元首が命じると、場の空気が静電気でも通ったかのようにピリリとした緊張に包まれた。

損なっている……？　しかし串刺《くしざ》しにされた外套に目を凝《こ》らしても、新しいものに取り替えねばならないほどの不具合は、ルーカの位置からは認められない。

むしろ新品で、まったく損なっているようには――。

「娘、ルーカと言ったか」

「は、はい」

低く通った呼びかけに肩が跳《は》ね上がり、沙汰《さた》を言い渡される罪人の気分になる。

「今晩だけはここに置いてやる。明日になったら帰れ」

「え」

「一晩でもかまわない、と先ほど自分で言ったな。果たして本物の細工師か否か、確かめるくらいはしてやってもいい。ただしそれ以上のリスクは負わぬ」

壇上のアルトゥーロがそう言って金細工の椅子を立つと、衣擦れの音が後を追った。壁に沿って並ぶ衛兵がいっせいに体を折るのを見、ルーカも慌ててひれ伏すように頭を下げる。

(今晩だけ……?)

それでもいいからと乞うたのは自分だが、あまりにも短い。

しかし今、外に放り出されるよりは遥かにマシであることは、冷静になりきれない頭で考えても明白だった。

＊＊＊

甲冑姿の衛兵に連れられて向かったのは、官邸の三階に設けられた来客用の部屋だった。

中庭《コルテ》に通じる開廊《ロッジア》の白い大理石の壁には、点々と遠くまで蝋燭《ろうそく》の炎が灯っている。温かみのある橙の燭光《しょっこう》は、潮風に時折ゆらめいて空間そのものをゆるくたゆたわせる。

「こちらです」

通された部屋には、右の壁の中央に寄せて天蓋《てんがい》つきの寝台があり、扉の並びに机が、奥の壁には丸いステンドグラスを敷き詰めた窓がそれぞれひとつずつ配されている。寝台の横の小さな卓には、三本の蝋燭を立てた燭台《しょくだい》があり、見事な銀細工だった。

謁見の間と比べたらずっと質素だが、壁面と天井が装飾的であることにかわりはない。

寝台の右脇に立ち壁画をぼんやり眺めていると、黒のワンピースにシンプルな白のエプロンをかけた細身の女中がやってきて、手慣れた様子で着替えを手伝ってくれた。

ドレスを脱がせ、コルセットを外し、下着類をすべて取って体を拭《ふ》き、薄い素材の寝間着を一枚だけ身につけさせる。胸の前をリボンでとめるだけの、オープンワークのレースのガウンは透けていて、肌は覆われていないも同然だが、母から聞いていた通りのものだった。

「支度は整ったか」

着替え終わった途端に背後から声をかけられ、飛び上がるようにして振り返る。扉の横には元首がミケーレを脇に従えて立っており、女中は入れ違いに出て行く。

元首はコルノ帽と外套を外し、引き裾のある内衣《ソッターナ》のみを纏っているせいか、こざっぱりとしてますます若々しく見えた。

「はい、整えました」

と、言ってもルーカが自ら整えるべきものはなかったのだが。寝台は元からきれいに整えられていたし、体を拭くための布や湯桶《ゆおけ》は女中が持ってきてくれた。ルーカは寝台と窓の間に立って着替えさせてもらっただけだ。

「なにかあればすぐに呼ぶ。廊下の先に控えていろ」

アルトゥーロの静かな命令に、ミケーレは承知しましたと短く応じ、去っていく。扉が閉まり、あとに残されたのは静寂だ。

「脱がないのか」

問う声は謁見の間で聞いたものより淡く、わずかに甘い。緊張感が一気に込み上げてきて、部屋の隅の卓上にある蝋燭がやけに明るく思えてくる。

「その、蝋燭の火を消しても……よろしいでしょうか」

ルーカは恐る恐る尋ねたが、元首は間を置かずに駄目だと即答する。

「で、では、遠ざけていただくのは」

「……駄目だ」

声は柔らかくとも、警戒までは解いていただけていないらしい。ルーカは覚悟を決めて胸元のサテンのリボンをほどくと、体の前に垂《た》れていた豊かな砂金石《アヴェントゥリーナ》色の髪を背中に払うとともに、着たばかりのレースのガウンを床へ滑り落とした。

ぱさりと微かな音を立てて、寄せ木の床にレースが輪を作る。

一瞬にして視線を遮るものがなくなってしまい、ルーカは緊張のあまりそれ以上身じろぎもできなくなる。

「細工師というのは、手元を見ずとも極小のシードビーズ《コンテリエ》を針先に通せるほど手先が器用で、技巧を得意とすると聞く。おまえも当然、そうなのだろうな」

「はい。技術には自信があります」

「ならば、その指で自身を暴いてもらおうか。暴いて……そうだな、技巧たっぷりに弄《いじ》り倒して、達して見せてもらおう」

アルトゥーロが挑戦的に発した台詞の中には、ルーカには理解できない単語がいくつもあった。暴けと言われてもすでに裸にはなっているし、一体なにを弄ればいいのか、どこに到達すればいいのか、すべてを元首さまに任せるようにと教育されてきた頭には想像もつかない。

「もっと燭台に近づいて、隠さずにすべてを晒《さら》せ」

「で、ですが」

「まずは他の男がつけた跡がないかどうかを確認させてもらう。おまえだって娼婦でないことを証明したいだろう？」

それを理由にされては逃げようなどあるはずもない。怖々と一歩火に近づくと、胸の先端の淡い桃色がぼんやりと闇に浮かび上がった。

「もっとだ」

低く命じられて、脈拍がぐんと上がる。

見ている。見られている。あの美しい黒檀の瞳が真っ直ぐこちらに注目している。そう思うと、自分が酷く陳腐なものに成り果てたような気がして腰が引ける。

(けれど、これで疑いが晴れるのなら)

俯きながらルーカは唇を噛み、寝台と卓の間、つまり燭台の真横に立つ。炎が放つのは黄みを帯びた光だが、目はすでに順応し本来の色彩で物を認識し始めていた。

最も明るく元首の視線に晒されているのは、はちきれんばかりに熟《う》れたふたつのたわわな果実だ。

淡く桃色に色づいた輪は華やかで、指先で覆いきれないほどの大きさがある。対象的に小粒の先端は、まだ硬く尖ることなく丘の一部としてふっくらと膨《ふく》れ、全体が教会のドーム天井のように柔らかい形をしていた。

細くくびれたウエストからヒップにかけてはなだらかな曲線が繋ぎ、炎の影がその丘《きゅう》陵《りょう》を強調している。

そこで元首が動いた気配がして、ルーカの全身は緊張に包まれた。

——近づいてくる。触れられる。

しかし予想に反して彼は近づいては来ず、扉に背を寄り掛からせて腕組みをし、じっとこちらを見ている。その目は、珍しいものを前にしたかのように見開かれていた。

「驚いた。男の名前を持つ女にもかかわらず……高級娼婦《コルティジャーナ》など比ではないな」

どういう意味だろう。

もっとふしだらだと言いたいのだろうか。それとも自分に疑わしいところでもあった？

おろおろするルーカを横目に、元首は寝台の左脇までやってきて卓の上の燭台を手に取り、それをかざしながら要求する。

「寝台へ上がれ」

ビク、と反射的に背筋が伸びた。

寝台へ上がったら痛みを覚悟するように、と島では教えられてきた。最初の一度を耐えればあとのことはすべて元首さまが良いようにしてくださる、彼の腕の中で命じられたように振る舞いなさい、とも。

すると疑いは晴れたのだろうか。

これで私も元首さまの妻になれるのだわ、とルーカは熱い顔面にさらなる熱を感じつつ期待を胸に寝台に仰向けで横たわる。すると元首は背後の机に備えられていた木の椅子を寝台の足下まで引きずってきて、そこに腰を下ろした。

「膝を立てて足を開け」

疑問に思いつつも、ルーカは言われた通りに膝を立て、開いて、素直に足の間を彼の視線に晒す。

「もっとだ。おまえが最も秘めたいと思っている部分を、開いて、わたしに見せろ」

「……っ」

いつ、覆い被さってきてくださるのだろう。いつ、抱き締めてくださるのだろう。

かざされる蝋燭の光から顔を背け、ルーカは腿《もも》の間の最も柔らかい場所に手を伸ばし、そこを指で広げた。

粘膜の入り口と、手前の純な薔薇色が明らかになる。

「なるほど、美しい。ここ十年、先代の元首は高齢を理由に花嫁を招いていなかったと聞くが、十八のおまえがもしも本当にユアーノ島から来た細工師と言うなら生娘だな？」

「はい。初めての結婚です」

広げた場所を覗き込まれ、咄嗟《とっさ》に腰を引いてしまう。自分でもはっきり見たことのない場所を間近で観察される羞恥に、全身がくまなく固くなっていた。

「隠すな。見せろと言っているだろう。これでは生娘かどうか確かめようがない」

「す、すみません」

そうか、まだ自分は彼の疑いを晴らしている最中だったのだ。間諜《かんちょう》などではないと——娼婦ではないと証明しなければ。

ルーカは意を決して天井を向いたまま自らの太ももを抱え、両脚を広げるとともに左右から付け根をめくり直す。そこに蝋燭の灯りがかざされ、ぱっくりと口を開けた密やかな部位に彼の顔が近づいてきて、心臓が止まってしまいそうになった。

「……勿体ない。これだけ美しい体をしていながら、両手がかくも傷だらけとは」

それを指摘されるとは思わなかったので、意外な気持ちで視線を脚の間に落とす。元首の視線はまじまじと、警戒を解いた無防備なそこへ向けられている。

普段ほとんど外気に触れない内側は、開いて室温に晒されているだけで冷気に触れているかのように冷たく感じられる。

「我が家に生まれていたら、恐らくまるごとすげ替えられていただろう。オルセオロ家では、少しでも損なわれたものは命を失ったも同然、破壊と交換の対象になる。完璧でなければ存在を認められない」

「あ」

元首の細い髪がかすかに腿の内を掠め、ルーカが思わず腰をくねらせると、体の上でふたつの小山がゆさりと重そうに揺れた。形状だけでなく、揺れ方までもが自分の体ではなくなってしまったかのようにやたらと淫靡《いんび》に見える。

「自由に手さえ使えたら、その胸を零れぬよう両脇から寄せて持ち上げてやるのだが」

アルトゥーロは短く息を吐くと、上に組んでいる左膝の上で頬杖をつき、顎を載せた。

「寄せて持ち上げたら次は先端を吸い、舐《な》めしゃぶって尖らせよう。尖ったら、見事な大きさの乳輪とともにつまんで捻ろうか。色づいたベリーをそうして摘み取るように」

「っヤ……」

なんて卑猥《ひわい》なことをおっしゃるのだろう。想像を煽《あお》られ、息まで浅く、速くなってくる。

「では、そろそろその指の技巧を試させてもらおう。ルーカ、そこを片手で広げて、内側の粒を弄って見せるんだ」

恥ずかしい行為に及んでいる自覚はあっても、元首の要求に背けるはずはない。命じられた通り花弁の中心を右手の人差し指で触れると、ひりつくような感覚が一帯に走って腰が跳ねた。

「あ……！　あ、いゃ、沁み、っ……」

指先がとらえているのはわずかに起ち上がりかけた粒だ。うっすらと湿り気を帯びたそれは、指の皮膚に貼り付くようにして引っかかり、ぷるりと戻って刺激を伝える。

「一度でやめるな。ビーズのように、丸く膨れ上がらせてみせろ」

「は、はぁ、っ……は、……」

丸く……？

ビーズを一定の球状に成形するにはピンセット型の金型《ピンツァ》を使うため、ルーカは人差し指と親指を金型に見立て、粒を挟み、そっと潰し、それから捻るように転がしてみる。

湧き起こる強烈な痺れは虫歯を噛みしめる感覚に近く、後ろめたさを感じるのにやめてしまうのは惜しかった。

「あ……っん、ッふ……ァ、あ、熱い……です。おなかの、奥が」

「熱い？　ああ、確かに、蝋のようにとろけたものが垂れてくるな」

言われて粒の後方に手を当ててみると、とろとろとした液が指先を濡らして驚愕する。

「はぁ、あ……ヤ、うそ、こんなの知らな……、いえ、申し訳ございません、私っ……」

禁欲的な生活を送ってきたルーカにその蜜の正体を知る術はなく、ただ官邸の寝台を濡らしてしまったという罪の意識に飛び起きた。

一方アルトゥーロは意外そうに眉をひそめ、慌てふためく少女を眺める。

「おまえ、まさかひとり遊びも知らないのか。それとも間接的に生娘であると嘯《うそぶ》いているのか」

「ひ、ひとり？　あの、なにか拭くものを」

「寝具はそのまま濡らせ。それを前提に整えられた寝具だ」

悟ったのか諦めたのかわからない口調だった。

「でも、このままでは」

「いいから、脚を開いて先ほどの続きをしてみせろ」

続きを急かす言葉に躊躇《ちゅうちょ》しつつ、ルーカは再び寝台に体を横たえる。膝を立てて脚の間に触れてみると、体を起こしていたため蜜が花弁の内側にまで回ってたっぷりと粒を濡らしていた。

「……っ」

先ほどと同様に花弁を左手で広げようとするが、すっかり潤沢《じゅんたく》になってしまっていてままならない。致し方なくルーカは閉じた割れ目に右手の中指を挿し入れ、指全体を使って粒を弄った。

「んん……ふ……」

中指で前後に転がして、次に人差し指と中指の間に挟んでゆっくり潰し、それからねぶるように左右に弄ぶ。

「膨れてきたな。閉じた花弁の内側から、かわいい先端がチラチラと小さく顔を見せる」

彼の言う通り、粒はすぐに一旦収束した疼《うず》きを取り戻し、根元から勃ち上がっていた。

「ア、ぁあ、元首さま……こんな……膨れてしまったの、どうしたら良いの……ですか」

下腹部の期待感をどうあしらったら良いのかわからず、震えながら尋ねると、もっと弄れと焦燥《しょうそう》の滲んだ返答を寄越される。

「わたしが良いと言うまで指を離さず、撫で続けろ」

「はっ……は、い」

中指が左右に振れるたび、割れ目からはチュクチュクと水飴《みずあめ》を練るような音が上がる。その密やかな響きに持っていかれるように、膝から力が抜けて足が小刻みに震え出す。

「おまえの体は美しすぎる。ベッリーニが描いた祭壇画の聖女のようだ。客をとっていないという言葉が信じられない」

「あ、ぁぅ、ふ」

「こうしていると、触れてもいないのに抱いている錯覚を覚えるな。終身元首の職にあろうと誓った日には、もう二度と、どんな女の体温も感じずに孤独のまま死ぬことを覚悟したものだったが……」

アルトゥーロが熱の籠《こも》った目でこちらを見、喉を鳴らした気配を感じて、ルーカは指の動きを熱心にしていく。望み通りに振る舞えているのなら、それだけで嬉しかった。

「ん、っぁ……あ」

「次は指を後ろに滑らせて、溢れたその蜜の源泉を深く探れ」

だが次の要求に応えようとしたとき、指は脚の付け根に引き裂くような痛みを与えて、恐怖を感じないわけにはいかなかった。

「こ、ここは……いけません、痛い……のです」

「わたしを招き入れてはくれないのか。錯覚だけでも、おまえの中に」

「でも、これ以上は」

どう頑張ったところで自力ではこじ開けられそうにない。しかし元首は容赦なく燭台をかざして続きを催促する。

「さあ、早く。細工師はこれほど中途半端な状態で己の信念を曲げられる性質なのか？　失望させるな」

その表情には真実を暴こうとする冷酷さと共にうっすらと異常な徹底ぶりが見てとれる気がして、ルーカはぞくりと背筋をあわだたせた。

「粒を弄る手まで止まっているぞ。弄り続けながら、蜜の出どころに指を挿《い》れろ」

言われて、止めていた手をまた動かし始めるも、反対の指でとらえた蜜口は硬く、引き裂くような痛みを持って侵入を拒む。それまでに感じ始めていた淡い快感よりも本能的な恐怖のほうがまさり、身が竦《すく》む。

「処女が損なわれてはいないと証明したいのだろう？　含ませた指に純潔の印、血の跡が滲めば信じよう」

「血……っ？」

「わたしの手が使えないのだ、おまえの手で代用するしかなかろう」

元首はつまり、まだルーカを信用していないから触れられない、と言いたいのだ。血という響きに恐怖を与えられていたルーカは、悟った途端に打ちのめされた気がした。

（これだけしても、少しも信じてくださっていない）

張り詰めていた気持ちが一気に瓦解《がかい》して、涙が込み上げる。

恐怖だけならまだしも、失意がそこに加わったら感情を抑え込むことは不可能だった。

「……っでき、ませ……」

「できない？」

「だって、こんなのは」

こんなのはあんまりだ。

愛してくださると聞いていた。

誰よりも頻繁に工房へ通っていたのは、仕事に夢中だからという理由だけではなく、元首を想えばこそだった。彼が統べる国のために一粒でも多く良いビーズを作れば、きっと喜んでくださると思っていた。彼のためだから、ひとりで島を出る淋しさにも耐えられた。

（こんなにも想っているのに……）

同じようには想ってくださらない。

「ルーカ？」

「も、申し訳、ありません……ってできません、でき……ません」

蜜に濡れた手で顔を覆い、左に寝返って身体を丸くする。耳には元首さまの言うことをしっかり聞くようにとの母の言葉が蘇ってきて、ルーカの心をますます苛んだ。

泣いてはいけないと自分を律しようとしても、涙はつぎつぎに溢れてこめかみを伝う。

「う……ぅ」

細工師は元首に捧げるためだけに性を持つ。どんな外見の男性が就任しようと、どんな行為を強要されようと、喜んで受け入れられる。だがそれは、きちんと愛して、御子を授けてくださるなら、だ。

するとと足下から衣の擦れる音が聞こえ、数歩あるいた気配がした。次いでごとりと卓の上になにかが置かれ、数秒後、体の上が温かくなる。

「え……」

はっとして顔の前の両手を退《ど》かすと、燭台が卓の上に置かれ、ルーカの体の上には元首が身につけていたはずの内衣《ソッターナ》がかけられていた。外套と同様の、石榴の刺繍《ししゅう》が施された深紅の衣だ。

「――わかった」

ため息混じりの声に、ルーカは慌てて寝台脇の彼を見上げる。元首は庶民が身につけるような前閉じのシャツと黒い脚衣のみでそこにいる。

「損なわれたものに執着するなど、どうかしていた」

「元首さま」

呆れられただろうか。

急激に後悔が込み上げてきて体を起こしたが、やはり続きをしてください、とは勇気が足りず言えなかった。まだ、後悔よりも恐怖のほうを遥かに強く感じていたのだ。

「しかしおまえが真に細工師であるなら非礼を詫《わ》びねばなるまい。後継者の件は、大司教と協議して策を練ろう」

アルトゥーロは毅然とした口調で言って背を向ける。しかしすぐさま別人のように優しい声色で、

「……腹が減っただろう。スープでも運ばせる。それを食って寝ろ。女中部屋はここの廊下の北の奥だ。他に必要なものがあればそこの扉を叩けばいい」

そう言うと引き止める間もなく扉から出て行き、部屋はまた静かになった。呆気にとられているうちに足音は遠ざかり、ルーカはほっとしつつも落胆し目尻の涙を拭う。

――終わってしまった。

これで長年夢見ていた結婚はおしまいだ。いや、結婚できたのかどうかも確信できないまま、あまりにもあっけない一夜だった。

だが拒否したのは自分、と思えば諦めもつく。

子を授かった可能性はないので、医者に診せる必要もなく、明日には帰島だ。

島の皆にどんな報告をしたらよいだろうとぼんやり考えながら、湯桶に浸した布で体を拭き、薄いレースの衣を羽織り直した。不思議と、それ以上の涙は出なかった。

先ほどの細身の女中が豆のスープを持ってやって来たのは数分後だ。

薄暗い部屋の中、温かいそれを味気なくいただいて、ひとり、もそもそと布団に潜り目を閉じる。天蓋つきの寝台はルーカが縦に寝ても横に寝ても足がはみ出ない大きさで、蛹《さなぎ》

の中に隠し収められているような安心感があった。

なにを考えてもとりとめなくなりそうで、意識して頭を空っぽにした。妻になり損ねてしまったことも、体に籠ったままの熱も、彼の意味深な表情の意味も、思い浮かべないように努めた。

それでも抱き締めた彼の上着からは温かい匂いがして、耳の奥には冷淡な声と優しい声が、それぞれの印象を攪乱《かくらん》させるようにいつまでも残っていた。

2、

本島で迎える最初で最後の朝は、雲ひとつない晴天だった。

円形のステンドグラスが整列してはめ込まれた窓を押し開くと、目下には細い水路《リオ》、そしてその先に碧々と澄み渡った海が見えた。

ルーカは島から持参した、襟ぐりの四角く開いた淡いモスグリーンのワンピース《ソプラヴェステ》に着替えて荷物をまとめ、夕べのスープ皿を片手に廊下へ出る。立つ鳥あとを濁さず、使った食器くらいは片付けてから去ろうと思ったのだ。

が、肝心の厨房の場所がわからない。女中に聞けばわかるだろうか。

朝食前の慌ただしい時間帯ゆえ、すでに部屋にはいなかろうと予想しつつも女中部屋の扉を叩くと、すぐに応答があり、恰幅《かっぷく》の良いエプロン姿の中年女性が姿を現した。

「……あんた、もしかしてユアーノ島の、ヴィオーラの血縁かい」

　一目見るなり母の名を言い当てられ、ルーカは驚きに目を見開く。彼女は大きな体を揺すって、母の嫁入りの際に世話をしたのは自分だと興奮ぎみに語った。

「うりふたつだよ。あの頃のヴィオーラに。零れそうな緑の瞳に、砂金石《アヴェントゥリーナ》色の豊かな髪……それと、はちきれんばかりのその胸もね」

「母に似ている？　私がですか？」

　胸元とヒップ以外はウエストも四肢も細身のルーカは、すべてが大柄な母とは似ていないと思い込んでいたので意外だった。

「ああ。もう少し強気な顔つきで、遠慮のない剛胆《ごうたん》な性格だったがね。それでこのあたしとも気が合ったわけなんだが」

　彼女はアンナと名乗り、ここの古株で女中頭を務めていると教えてくれた。赤茶色の髪には白いものが混じっており、そのうえ立ち居振る舞いは母と似たところがあり、ルーカはたった一晩離れただけなのに母を懐かしく思う。

「で、あんた、どうしてその古めかしいワンピースを着ているんだい。元首さまからいただいた初夜の記念のドレスは？」

「ええ、その……いただいていないのです。初夜が、成っていなくて」

「成っていない？」

「はい。私が至らないばかりに……ですから」

もう帰るのです、と告げると、アンナの眉と眉の間には深い皺が刻まれた。

「なにを言ってるんだい。夕べ着いたばっかりなんだろ。体調でも悪いのなら医者を呼んでやるよ？」

「いいえ、そういうわけでは。ただ、私が、不甲斐ないだけで」

たった一度のチャンスを棒に振ってしまった。それだけのことだ。元首は悪くないし、悪いと思ってはならない。

するると、廊下の先から青紫色の外套をひるがえし、右手に細長い木の書簡箱を携えたミケーレが颯爽《さっそう》とやってくる。

「ここにいらしたのですか、ルーカ。朝食を摂ったら一階の船着き場へお行きなさい。ユアーノまでの難しい海域を漕げるゴンドリエーレを呼んであります。これが島の海域に入る際の許可証ですから、手前の関門で提出なさい。ただし、島を出た娘とおまえが別人と判断されれば通過はまかりなりませんので、心してお行きなさい」

差し出された木箱はここへやってくる際に検問所で提出したものと同様の形状だ。両手でそれを受け取り、はい、と答えようとすると、不可解そうな顔でアンナが割り込んだ。

「お待ちよ。細工師との結婚は三ヶ月が期間だったはずだ。何故たった一晩で帰されなくちゃならないんだい。もしかして正体を疑ってるんじゃないだろうね。この子は間違いなく細工師《スピアルーメ》だよ。十九年前、あたしがここで働き出した頃にやってきた花嫁にうりふたつ、彼女の娘なんだからね」

アンナが鼻息も荒くそう言い放つと、ミケーレがたじろいだように見えたが、ふくよかな背に護られて表情までは見えなかった。

「その娘をこちらへ寄越しなさい。私とて彼女が細工師であることは信用しています。ですが、これはアルトゥーロ様の命令なのです」

「またアレかい。一片でも欠けていたらすべてを信用しない、潔癖性のような性格が悪いほうに出たかい」

「……性格ではありません。ご家訓です。大貴族オルセオロ家のご子息がご家訓を軽んじては生きてはいけません」

家訓と性格がどのように結びつくのか疑問に思いつつも、尋ねられる雰囲気ではない。

「軽んじろって言ってるんじゃないよ。市民が期待したほうに活用しろって言ってるんだ、あたしは。まったく、アルトゥーロ様もミケーレ・コルネール、あんたも昔の大胆さはどうしたんだい。ふたりとも保守的になるには二十八はちょっと早すぎるよ」

早口でまくしたてるようなアンナの台詞に、ルーカは耳を疑わずにはいられなかった。

二十八が年寄りだと思っているわけではないが、元首もミケーレも顔立ちが若々しくもっと年齢が自分に近いように見えたので、十も年上とは予想外だった。

「官邸の中でアルトゥーロ様にそんな口をきくのは、あなたひとりですよ」

眉をひそめたミケーレは色素が淡いためか雰囲気が柔らかく華があり、おかげで、厳しい口調の割に穏やかに見える。

「ハッ、あたしだってただ同情でこんなことをしているわけじゃないよ。このまま保身に走っていたら理想の国を作るどころか市民に愛想を尽かされる。それに、細工師に子を与えずに放置したらいつかは後継者不足で国は財政難に見舞われるだろ。そうなってからでは遅いと言っているんだ」

「それは指摘されずとも百も承知していますし、細工師の後継者ならば後ほど、別の方法で授けるつもりだとアルトゥーロ様はおっしゃっていました。ですから従うことにしたのです」

「いいや、あんたはやっぱりなにもわかってないね。女の一生にとって子と嫁入りはセットじゃあない。身を捧げた相手に愛されるのがどれだけ大切か、理解する気がないならこの国の女を全員敵に回したも同然さ。妻のひとりでも早く娶ってこんこんと説いてもらうがいいよ」

アンナの迫力たるやルーカの母ヴィオーラの比ではなかった。女中が貴族にこんな態度を取って大丈夫なのだろうか、とルーカは狼狽しきっておろおろしてしまう。

しかし間髪いれずの応酬に、争い事に慣れていないルーカが割って入れるはずがない。

「おいで、ルーカ。頭の固い連中の言うことは気にしなくていい。夜這いでもなんでもして、アルトゥーロ様を骨抜きにしちまいな。あたしが手引きしてやるよ」

「え、あ」

まごついている間にアンナに腕を引かれ、廊下の先へと連れて行かれる。

「待ちなさいアンナ！　今度こそクビですよ」

ミケーレが強気で呼び止める声にも立ち止まる気配はなかった。

「別にかまいやしないね。待てと言われて待つような女中が欲しけりゃ、さっさとあたしのことは解雇しておくれよっ」

母もたいがい他人に有無を言わせない人だが、アンナはそれ以上だ。これで解雇されずにいるのは、忌憚《きたん》のないぶん裏もなく、信用に値すると思われているからなのかもしれないとルーカは思う。

振り返ると、ミケーレは諦めたのか肩越しにこちらを見、呆れ顔でため息をついていた。

「ほら、こっちだよ」

アンナに引っ張られながら進む廊下は居住空間の残りを繋げて形にしたようで、右に左にと複雑に曲がっている。やけに狭いのは、元首の間への侵入者を阻むためだろう。

角を曲がるたび、ワンピースの緩く広がった裾がひらめいて視界に映る。昨日の花嫁衣装と比べたらずっと地味で古びているが、淡いモスグリーンが砂金石色の髪にぴったりと合うので、過去に元首から贈られた服の中で最もお気に入りの一枚だった。

飾り気のない廊下は続き、華やかな装飾を目にしたのは、階段脇の通路を抜けて大評議会の間に出たときだ。

「わ……！」

思わず声を上げていた。

十メートル以上の壁に囲まれた部屋は、奥の扉が玩具に見えるほど広く、四方の壁と天井を色彩豊かな絵画と精緻《せいち》な黄金の枠飾りに彩られている。

細やかな雲に、ブロンドの巻き髪の天使、イオニア式内衣《キトン》を纏った聖女に、豊かなドレープの深紅の外衣を羽織った聖人……描かれているのは天国《パラディーソ》のようだが、エネヴィアは海を信仰の中心としているため、波が最も立派に描かれている。

(これだけ立派な絵画、初めて見たわ)

感動に胸が震える。こんな壮大な模様を模したビーズを作れたら、そうしたら元首さまは何と言ってくださるだろう。

――いいえ、彼はもう私を気にかけてなどくださらないわ。拒否、してしまったんだもの……。

思い出したら、昨晩にも増して後悔は大きく膨らんだ。

「ここは国会の開かれる部屋なんだ。会期には毎日千人を収容するんだよ」

壁画を見上げるルーカの斜め後ろから、アンナは自慢げな口調で言う。ルーカは思わず口元を押さえて振り返った。

「せ、千人ですか。ユアーノの人口よりずっと多いです」

現在、ユアーノの工房で実際に働いている細工師は百人にも満たない。その十倍だ。

「そうかい？　しかしアルトゥーロ様は、千人もの評議員が集まって選出した、この国始まって以来の若い元首なんだ。才覚や人望があるのは確かさ。グラデニーゴなんかよりずっとね」

先の発言をフォローするかのように言うアンナの視線は天国《パラディーゾ》の壁画の上にあり、そこには元首たちの肖像画が部屋をぐるりと取り囲むように一列に並んでいる。

ルーカは視線を彷徨わせたが、就任してひと月ほどしか経っていないアルトゥーロの肖像を見つけることはできなかった。恐らくこれから掲げるのだろう。

「アルトゥーロ様は評議会議員になる以前からこっちじゃちょっとした有名人でね」

こっち、というのは本島を指すに違いない。

「有名でいらしたのですか？」

「ああ。大貴族の子息にもかかわらず家を飛び出して、下街で労働階級の一般市民に混じって暮らす変人でさ。ミケーレ様と一緒に立ち飲み屋《バーカロ》なんて経営して、民衆の声をよく聞いてくれたんだ。議会に通ってくるときも毎回大勢の仲間を引き連れて、そりゃあ生き生きとしていたよ」

「……なんだか想像がつきません」

疑心暗鬼で孤立していた、と言われたほうがピンとくる。

「だろうね。あの方は変わられたから。評議員から元老員に出世するためには大貴族としての家柄が必要でさ、二年前に下街から実家へ戻って……すると途端にオルセオロ家の呪《じゅ》縛《ばく》が悪いほうに出ちまった。下街にいた頃、皆が支持した性質とは真逆に」

視線を上げたまま、アンナは腰に手を当てて厄介そうに言う。

「オルセオロ家の呪縛？」

「微塵の失敗も許されないと思っておられるのさ。失敗を恐れているとも言うかね。家訓だかなんだか、詳しくはあたしも知らんがね」

詳細を知りたくとも、そう言われてしまうと問い直すことができなくなる。だが、そういえば昨夜もすげ替えられるとか、一部でも損なったら受け入れられないとかいう台詞を聞いた気がする。

それで——あれだけ徹底して私をお試しになったのだろうか……。

「ほら、こっちへおいで。隠し扉があるんだ」

案内されたのは大評議会の間の奥にある壁の前だった。壁画はまさにクライマックスで、黄金の髪をなびかせた聖女が海龍を従え天上に祈る仕草が描かれているのだが、そこに扉らしきものは見当たらない。

疑問に思っていると、アンナは海龍の鱗《うろこ》のひとつをついと押してドアノブを出現させた。

「え、すごい！」

「ここを押さなければ開かないようにできてるんだよ。面白いだろ」

隠されていた空間は客用の寝室と同程度の広さで、円形の机と椅子が一脚あるのみだ。

装飾性はさほどないものの、壁には小さな絵画ひとつだけがかけられていて、ルーカの目にはどの部屋よりも過ごしやすそうに映った。

「壁の奥にこんな部屋があるなんて。物語の中だけの話かと思ってました」

「そうかい？　官邸内には他にもこういう部屋があるよ。ただ、屋根裏やら窓がないやらで元首様の奥様を通すにはふさわしくない。ここは隣の大評議会の間を覗き見るために作られた部屋だから覗き穴もあるし、内鍵もかけられるし、窓からの見晴らしもいいし、おあつらえ向きだろ」

言われて窓の外を見ると、眼下は正面の鐘楼《しょうろう》までがこぢんまりとした石畳の広場になっていた。点々と散らばった市民の姿は遠く、やけに小さく見えて、平屋暮らしのルーカにはまるで天上の世界へ来てしまったかのように思える。

「本当によろしいんでしょうか。私が元首官邸に留まっても」

やはり気が咎めて尋ねると、アンナの肉厚の手が肩に優しく載せられた。

「なにかあったらあたしが責任を持つよ。あんたの力になってやれないようでは、ヴィオーラに申し訳が立たないからね。そんなことよりあんた……いや、奥様は夜這いを決行するまでの間、この狭っ苦しい空間で過ごす時間をいかに愉快になさるのかを考えたほうが建設的かと存じますよ」

いたずらっぽい笑みで恭しく頭を下げられ、ルーカは安堵からくすりと笑い声を漏らした。

夜這い……彼女なら本当に手引きしてくれそうだ。もしも挽回のチャンスが得られるなら、それに賭けてもいいかもしれない。

「ありがとうございます、アンナさん。では、ひとつお願いしても良いですか」

「なんだい、なんでも言ってごらん」

「針と糸を貸していただけませんか。それと、繕《つくろ》う必要がありそうな布の調度品を」

ここに炉はない。となると暇つぶしに思いつくのは、針仕事しかなかった。

ルーカは物心がついたばかりの幼い頃から、布にせよビーズにせよ、小さな世界を見つめるのが大好きだった。布の織り目やガラスの中の気泡を眺めていると、時間が止まったような錯覚を覚えた。

集中すればするほど、視界は狭まる。一点に神経が集中してゆく。それは自分自身の注意や意識だけでなく、大きさをも縮める錯覚と連動している。

もしも自分が爪の先ほどに小さくなったとしたら、それらがどれだけ大きく、広く、果てしなく見えるだろうと空想するのも楽しく、ひとりで何時間でも浸っていられた。

小さなものに夢中になることはルーカの精神を肉体から解放し、自由になることを意味したのだ。

「これで用は足りるかい」

十分ほどして、アンナが部屋に持ってきたのは針と糸、綻《ほころ》びたテーブルクロスとカーテン、そしてコンテリエと呼ばれるゴマ粒大のシードビーズだった。エネヴィア共和国の布の調度品には、必ずと言っていいほどこのコンテリエが縫《ぬ》い込まれている。

「はい。これだけあれば充分です。たっぷりビーズ刺繍ができます」

「いいのかね、手伝ってもらっちまって。繕い物なんて下女の仕事だってのに」

「ただ居座るのも気が引けますし、細かい作業は大好きですから。やらせてください」

朝食が済むと、ルーカは早速針に糸を通し、カーテンを繕い始めた。母には針と糸は持つなと言われていたが、ひとりの時間であれば問題ないだろう。

(ここの刺繍はもっと淡い青のほうがきれいだわ。ビーズは乳白色のものを、刺繍にそって縫い付けてもいい……)

窓辺の椅子に腰かけ針を動かし、夢中になって細工を施した。昼にアンナが食事を差し入れてくれても、手を離す時間が惜しくて、空腹のまま作業に没頭していた。

このままいけば、三ヶ月をまるごと隠し部屋の中で過ごしても退屈しないくらいだった。

だから気づかなかったのだ。

部屋の内鍵をかけ忘れていることに。

そして日が傾きかけた十九時、室内に現れた人影にも。

＊＊＊

元首《ドージェ》アルトゥーロ・オルセオロは、官邸の三階へ続く白大理石の内階段を足早に駆け上がっていた。

石榴の浮き織り模様を施された深紅の外套が空気を孕んでひるがえり、肩にずしりと重みをかける。これだけ長さのあるビザンチン式の外套を、季節問わず未だ公式のものとして採用している国はエネヴィアの周囲にはない。つまりいかにも時代遅れなのだが、伝統を重んじるのがこの国の最大の特徴でもあり、それを顕著《けんちょ》に表していると他国に評価されていれば、簡単に変更するわけにもいかなかった。

保守というのは内から発生するように見えて、案外と外からの力によって保たれているものなのだ――と頭の中で結論付けながら、アルトゥーロは大評議会の間の奥にある隠し部屋へ向かう。

先ほど、衛兵からグラデニーゴの一派がやってきたと連絡があり、その動向をうかがうために身をひそめる心算《しんざん》だった。

グラデニーゴ……銀の口ひげがトレードマークのカルロ・グラデニーゴと初めて顔を合わせたのはわずか二年前の春だ。

貴族らしい教養にはまるで欠けているくせにプライドだけは高く、エネヴィアへ移住するなり金で議員席を買った三十五歳の銀の巻き髪の男は、そのわずか半年後に再び財力にモノを言わせてエリート集団・元老院議員へと昇格した。

アルトゥーロが元首に選出されるまで一年半近く、元老院で彼と同僚として過ごした日々は自分まで教養のない人間として貶《おとし》められているようで、その居心地の悪さといったらなかった。

そもそも、元首のブレーン且つ法案審議の要を担う元老院は大貴族ばかりが席を独占し利権を奪い合っている内情であるため、純粋に政治を行いたいアルトゥーロの居心地が良いわけはなかったのだが。

現在、気位の高いカルロはエネヴィアの歴史も伝統も知らぬくせに、アルトゥーロをどうにか失脚させ、自分が元首に成り代わろうと模索している。それも、単なる自己顕示欲と嫉妬のために。

(もしや昨夜の細工師がどうなったのかを確かめに来たのか。やはり裏で手を引いていたのか？)

タイミングからして、アルトゥーロは真っ先にその疑いを抱いた。だが元首が官邸内にいるとわかっては奴らも警戒して尻尾を現さなくなる。それで身を隠そうとしたのだった。だだっ広い大評議会の間を抜け、隠し部屋へと素早く入り込み後ろ手に扉に鍵をかける。その途端、アルトゥーロは我が目を疑った。

——夕べの娘。

ルーカ・カッリエーラが窓辺の椅子に腰かけて俯いている。今朝、早々に追い払ったはずの彼女が何故ここにいるのか……いや。

そういえばミケーレから、アンナが暴走して彼女を連れ去ったとの報告を受けていたのだった。

「おい」

ここでなにをしている、と問うたが返答はなく、それどころか彼女はこちらを振り返ることもない。居眠りでもしているのかとアルトゥーロは疑ったが、ルーカはやけに大きな布地を膝から床へと垂らし、その端に針を刺している。

女中部屋のカーテンだ。何故これを。

しかしアルトゥーロには、ルーカの手元でなにが行われているのかが咄嗟にはわからなかった。繕う、という行為を知らなかったからだ。

エネヴィアきっての大貴族——オルセオロ家では、綻びたもの、損なわれたものがなにより忌避される。一度切れた糸は継ぐべからず、との奇妙な家訓があったためである。発端は三百年前のペストの流行と聞いている。当時の潔癖な主が一族の命を護ったらしい。

糸一本の破損も許せぬというのはやや大袈裟だが、一部でも傷がつけば、衣でも調度品でもまるごと廃棄、交換させられた。そういう習慣だった。

父は特にそのこだわりが強く、幼い頃のアルトゥーロには思い入れのあるものなどこの世にひとつとしてなかった。見つけたところで、少しでも損なえば所持を許されなかったからだ。

父の潔癖は常に自分の『外』に向けられていた。自らはいくら損なえどかまいもせず、一族全員と家、調度品、所持品に病的なまでの完璧さを求めた。

したがって幼い頃のアルトゥーロは、完璧を常に『内』つまり自分自身に心がけること、そうして従順に家の掟《おきて》に従うしか生きる術はなかった。

モノを所有するには、覚悟がいった。大切であればあるほど、ガラスケースに仕舞って手元から離した。だからいかに大切なモノと言えど、思い入れなど宿りようがなかった。

七年前にその家を出、下街に住みついて立ち飲み屋《バーカロ》を経営していたのは単なる気まぐれではない。腕に怪我を負い、自分を損ねたためだ。

剣の稽古の際の不注意だった。二ヶ月もあれば傷口は塞《ふさ》がる、機能に問題はないと医者は言ったが、それでも怯えずにはいられなかった。

――すげ替えられる、と。

アルトゥーロの弟も、妹も、親戚も、そして友人一家もそうだったのだ。傷を負ったために、無用のものとして別人に取り替えられ、どこまでが本物の一族なのかは最初からわからなかった。

元の彼らがどこへ消えたのかも。

とはいえ、八年前にアルトゥーロが留学から帰国した夜、母が別人に成り代わっていたときには流石に戦慄した。どうやら鋏《はさみ》で誤って、掌に痕の残る傷をつけてしまったことが発端らしかった。

母が入れ替わった後も父は何事も無かったかのように振る舞っていたが、それがますますアルトゥーロの背筋を凍らせた。

無理を承知で元の母の行方を捜し、見つけたのは半年後だ。貧民街の片隅でろくに食事もできずに痩《や》せ細り、見る影もなかった。

どうやら父はオルセオロ家に媚びへつらう貴族たちを使って集団で母を処理しようとしたらしい。これまですげ替えられてきた者たちがことごとく葬《ほうむ》られていたことを――壊されていたことを、アルトゥーロはそのとき初めて知った。

母は命からがら逃げおおせたものの、それまで懇意にしていた人々に一気に裏切られたショックから人間不信に陥っており、流行病を発症しているのに医者にも会いたくないと言って、再会して一週間後には帰らぬ人となった。

あのときは父と家訓、そして貴族というものを心の奥底から憎んだ。

オルセオロ家は国の根幹に裏の情報網を持っている。政治家の不正にも詳しいため、後ろ暗い議員達は皆オルセオロ家のなすがままだったのだ。たとえ自分の家族にまですげ替えの手が伸びようと笑顔で従うのみで、その構図すらアルトゥーロの嫌悪の対象になった。

しかしどう思ったところで、アルトゥーロ自身、すでに完璧主義は身についており、オルセオロ家の血から逃れる術はなかったのだが。

五年前、評議会議員には市民の後押しがあってどうにか席を確保できたが、金を使わずに元老院議員になるためには大貴族の当主である父の後ろ盾が必要で、でなければ二年前、帰宅しようなどと考えはしなかったはずだ。

アルトゥーロには、腕の傷口がすっかり塞がり目立たなくなるまでの半年間の記憶がない。夜の闇の中で、自分が失った完璧さを『外』に求めようともがいていた気もするが、真っ黒に塗り潰されたようにしか思い出せない。

闇はその後、下街に住んでいた五年間の記憶のところどころにもあり、気味の悪い曖昧さを生んでいる。

（いや、考えすぎてはいけない）

記憶を消し去るように頭を小さく振り、記憶の闇を払いのけようと試みる。すると痛むはずのない右腕の古傷が痛み、ずしりとした剣の重さが掌にのしかかる感覚が蘇った。続いて息苦しさ、そして鼻の奥をつくのは錆びた鉄のごとき血腥《ちなまぐさ》さ……切っ先から滴《したた》る血液の音……いや、思い出してはいけない。考えるな。

——考えるな……。

見ればルーカはカーテンの裾の綻びを見事に縫い終え、テーブルクロスに刺繍を刺し始めるところだった。

細い手の内では銀の鋭い切っ先が、前に後ろにと布を通り抜けて現れ、そのたびに白い布地に美しい鎖模様が描かれる。花模様には花芯に小さなビーズが縫い込まれ、煌《きら》めきが布の表面に散らばっていく。

画家が雲を描くようにさらさらとなされるその作業に、アルトゥーロは息を呑んで見惚れる。刺繍ならば母や妹が娯楽として刺しているのを何度か目にしたことがあるが、これほど見事ではなかった。

火傷の痕だらけで決して美しいとはいえない手が——父ならばまるごと別人に交換せよと言い兼ねないその両手が、ふと、偉大なものに見えてくる。

「おい」

もう一度声をかけてみたが、よほど集中しているのだろう、やはり反応はない。

アルトゥーロはルーカをひどく不思議な存在として興味深く思った。これほど手先が器用ということは、やはり細工師なのか……真後ろから近づいて頭上からその手元を覗き込み、しばし観察したあと、何気なくフルネームを呼んでみる。

「おい、ルーカ・カッリエーラ」

「は、はいっっ!!」

流石に我に返ったのか、華奢な肩をビクっと竦ませ、ルーカはバネを伸ばしたように勢い良く立ち上がる。

それはまさに不意打ちだった。

「ぐ……!」

顎に頭突きを食らう格好になったアルトゥーロは苦痛によろけ、一撃を受けた口元を押さえる。頭蓋骨全体が痺れ、目の前に火花が見えるようだ。

一方、ルーカも両手で脳天を庇い、うずくまりながら振り返る。

「い、いた……っ、もうっ、母さまったら……っ、じゃ、ない」

アルトゥーロの姿を確認して現実を思い出したらしく、痛がってよいやら詫びたらよいやら、わたわたとして刺繍途中のテーブルクロスまで踏みつけてしまう。

「ド、ド、元首《ドージェ》さま!?　も、申し訳ございませんっ」

「……いや、いい、と言いたいところだが、久々に効いた……」

やられたとしか表現のしようがない。

舌を噛まなかったのが不幸中の幸いだが、よもや女から頭突きを頂戴するとは、アルトゥーロ・オルセオロ一生の不覚だ。

「や、こ、こんなつもりじゃ……大変、お医者さまをお呼びしなければ……わ、きゃ」

右に左に方向転換をするので、ルーカはテーブルクロスに絡めとられて動けなくなる。

まるで道化だ。アルトゥーロはおかしくて、痛む口元を押さえたまま笑ってしまった。

「おまえ、本当にわたしに気づいていなかったのか。どれだけ集中していたんだ」

「……も、申し訳ありません……」

笑われて恥ずかしくなったのか、今度は真っ赤になってさかんに耳に髪をかけだす。取り繕おうとしているのだろうが、ぱくぱくと開閉する唇から謝罪に続く言葉は出てこない。

その仕草のすべてが微笑ましく、アルトゥーロは引き続き笑いを零す。悪巧みのできるタイプではないな。一刻も早く追い出してしまおうと思っていたのだが、その気はすっかり失せてしまった。

「炉の前でもその調子でガラスを弄っているのか」

「は……あの、はい、そうだと思います……」

「そうだと思います? 自分のことだろうに」

「自覚がないのです。その、夢中になればなるほど、周囲が見えなくなると言いますか」

ルーカは赤らんだ左の頬に手を当てる。その指先は皮膚が硬くなり不格好に変形しているが、不思議と一瞬、悩ましげに見えた。

夕べ、傷だらけで勿体ないと言ったことが申し訳なくなるほど。

しかし謝罪の言葉を実際に口にしたのはルーカのほうだった。

「その、本当に申し訳ありません、ずうずうしく居座ってしまいまして……これを縫い終えたらすぐに出て行きますので、アンナさんのことは責めないでいただけますか」

「いや、いい」

「えっ？」

「……出て行く必要はない」

グラデニーゴが官邸にいるというのにこんな場所で針仕事に熱中していた彼女が、奴らの寄越した間諜である可能性は低いだろう。だとしたら逆に、細工師である可能性はぐっと上がる。

それに、とアルトゥーロはルーカの手元を見る。

興味がある。

あの手には。

「よろしいのですか。私、まだ、ここにいても」

「怪しいところがあればすぐにたたき出す。針仕事を続けろ。もっと刺繍をする様子を見たい」

告げると、ルーカは一瞬不思議そうに目を丸くしたものの、すぐに繰り返し頷いた。

「はいっ」

花のように笑って、自分が座っていた窓辺の椅子を勧めてくれる。アルトゥーロがそこに腰かけると、少女は針刺しからまた針を取り上げ、床にぺたりと腰を下ろした。

「あの、また周りが見えなくなっても叱らないでくださいね」

大人びた顔立ちの割に無邪気な表情をする女だ。そう思いながら、アルトゥーロは楽しげに作業を再開させるルーカの横顔を見つめた。


ルーカは手元に意識を集中させないためか、よく喋った。

「元首さまはご存知ですか？　ガラスに色を付けるのは草木の色でなく、金属なんです。私、工房に通い出して最初にそれを知ったときは本当に驚いて。それまでずっと、花の色を混ぜ込むものと思っていたんです。おかしいですよね」

言って肩をすくめながらも、彼女の手元では小さなコンテリエが布地に縫い付けられていく。ビーズの入った皿にはほとんど視線を遣らないのに、一発で針先に通すさまは熟練の技そのものだ。

「ああ、赤色を出すのが最も難しいそうだな。家庭教師から一通り教わった」

「まあ。流石に元首さまは理知に富んでいらっしゃいますね」

窓から差し込む初夏の日差しには勢いがあるが、ひんやりと冷えた室内には程よい温かさを与えてくれる。心地良い空間だ。

「私達はビーズを制作する際、ひとつひとつに祈りを込めます。『ビーズ』の語源は古い大陸の言葉で『祈り』の意、それを決して忘れるなと親方から毎日のように言われます」

「祈り、か」

久々に穏やかに過ごす日暮れに、アルトゥーロはふと想像する。もしも自分が下街で立ち飲み屋《バーカロ》を開いていた頃のまま結婚したならこんな日常もあっただろうかと。

針仕事をする妻の傍らで、のんびりと過ごす平凡でのどかなひとときが。

――いや、平凡ではないか。すぐにそう思い直した。

これだけの腕前を持つ妻はそうそう見つからない。それに、まず手に傷を持つ彼女との結婚などあの父が認めるはずがない。

「細工師の修行はいつから始めるんだ？　刺繍も一緒に覚えるのか」

「いいえ。九歳までは刺繍の修行、十歳からようやく炉の前に立つことを許されます」

「なるほど。その手を最初に損なったのは十歳の頃か。案外遅かったな」

アルトゥーロは思ったことを素直に発言したのだが、ルーカは不可解そうに首を傾げて言い返して来る。

「元首さまは私の手を、損なっている、と昨夜もおっしゃいましたけれど、細工師はこうして、傷ができて塞がって皮膚が強くなればなるほど一人前として認めてもらえます。私にとっては勲章のように誇らしい痕ですわ」

「誇らしい……？　損なっているのに、か」

「いいえ。言うなれば、損なってこそあるべき形に、元首さまのおっしゃる『完璧』に近づく、のです」

きっぱりとした口調に、アルトゥーロの頭は混沌としてくる。

損なうことが完璧を形づくる要素になっているのか、あの手は。なるほど、傷だらけになるほど働いた結果としてあれだけの器用さを身につけたというなら、傷も必要なもののひとつであって損なったことにはならないのかもしれない……いや。

損なったものは損なったものだろう。

完璧にはほど遠い。彼女の手も、わたしの手も同様に。

だが、それを誇らしいと迷いなく言い切れるルーカが、アルトゥーロには羨ましかった。

――わたしは怪我を負ったとき、自らが欠けたとした思えなかった。

今もそのようにしか考えられない。少女の手をじっと見つめれば、そこに重なってチラチラと記憶の中の闇がよぎり、何故だか下街で過ごした日々が妙に恋しく感じられた。

なにかを思い出しそうな……過去へと引き戻されそうな……。

「あの、次は私からお聞きしてもよろしいでしょうか」

朦朧《もうろう》としていたアルトゥーロの意識を呼び戻すように、ルーカは針を止めず問うてくる。

「なんだ?」

平静を装いアルトゥーロが脚を組むと、糸を引きながら少女は無邪気に発言した。

「アンナさんからお伺いしたのですが、立ち飲み屋《バーカロ》、というのは一体なんなのですか」

「おまえ、立ち飲み屋《バーカロ》も知らないのか。嘘だろう」

下街に出れば道々見かけるその店は、年端のゆかぬ子供でさえ庶民の社交場であると知っている。

「嘘ではないです。知っていたら問いませんもの」

ルーカは途端にしゅんとして手を止めた。

「……まあ、ユアーノは狭い上に娯楽もなにもないと聞くしな。見てみたいか?」

「見せてくださるのですか!?」

喜色満面の笑みを向けられてから、しまった、とアルトゥーロは焦って返答を控える。

連れて行ってやる、という意味ではなかったのだが、確かに考えてみればそのようにも取れるニュアンスだったかもしれない。

「ぜひ伺いたいです。元首さまが携わっていらしたと聞いて、とても気になっていて」

「特別気にするようなものではないぞ。単なる居酒屋だ」

しかもあまり品の良い施設ではない。労働者たちが仕事を終えてワイン《オンブラ》を一杯引っかけ、騒ぐ場所だ。それでもルーカは身を乗り出し食いついてくる。

「いいえ、気になります。元首さまに関わることですもの。なんだって知りたいんです」

水晶のような純粋なまなざしに、簡単に返せる言葉はなかった。

過去に元首を何名も排出した大貴族オルセオロ家の長男であるアルトゥーロに関して、今更知りたいと乞う人間は本島にはいない。幼少期から政治家を目指していたことや、学生時代の締めくくりには諸国を巡り見聞を広めるグランドツアーに出ていたこと、そして下街時代に知り合い、共に立ち飲み屋を経営した親友ミケーレの存在、家訓や人となりまで、何代もこのエネヴィアで暮らしてきた者ならば誰でも知っている。

いや、知った気になっている者ばかりだと言ったほうが正しい。こんなふうにストレートな好奇心を向けられたのは初めてかもしれなかった。

「縫い物も楽しいですけれど、せっかく本島に来られたんですもの。元首さまについて沢山知ることができたら嬉しく思います」

「……考えておこう」

昨日はあれほど冷酷にはねのけられたのに、今はできそうになかった。面白い女だ。細工師というのは皆、このような性質なのだろうかと不思議に思う。

ありがとうございます、と嬉しそうに答えたルーカはしかし、はっとしたように口元を押さえて視線を泳がせる。

「すみません。私、勝手に居座っている身ですから、贅沢《ぜいたく》を言ってはいけませんね」

「それくらいのことは贅沢とは言わぬ。そんなことより、おまえは昨日あんなふうに扱われたというのにわたしを嫌にならなかったのか。帰りたいとは思わないのか」

問うたアルトゥーロを真っ直ぐに見返し、少女は一瞬の迷いもなく答えた。

「元首さまを嫌になるなんてありえません。私達は元首さまのためだけの花嫁ですもの」

私達——誰と限定しないその言い方にほんの少しの違和感を覚えつつも、アルトゥーロはわずかに安堵して口角を上げる。

「そうか」

自らの立場を守るためとはいえ、昨夜は自分以外のものに完璧を求めすぎた。アルトゥーロは内心反省しながら思う。

裾が綻びた外套を身につけていたせいで、少々過敏になっていたのかもしれない。損なったものを身につけていては、そこから不完全が染みてきて自らまで蝕まれそうな気がする。だからアルトゥーロにとって衣は『内』の要素のひとつ、損なえないもののうちなのだ。

だが、綻びの上に剣を突き立てたのは嫌悪からではない。

破壊したい衝動、ただそれだけだった。

損なわなければすげ替えの必要はないのに、何故完璧を保っていてくれないのか。そっとしておいてくれないのか。

ざ、と一瞬だけ脳裏に例の闇が覆い被さる。右手の傷の痛みに、剣の重み、そして石畳を駆けて逃げる誰かの足音――。こめかみに疼くような違和感を覚えて、アルトゥーロはそこを指先で押さえる。

すると目の前の少女はこちらの状態になどまるで気づいていないようで、また少し俯いて頬を赤くし、おずおずと切り出した。

「あの、昨夜のことですが私……後悔しているのです」

「後悔？」

咄嗟になんの話だかわからず問い返せば、躊躇《ためら》いながらも様子を見るようにじっと視線を向けられる。

「はい。ご命令に従いきれなかったことを後悔しています。もしも次のチャンスがあるのなら、今度こそ私……従います。信用してくださるようになるまで、おっしゃる通りに、すべて、いたしますから……」

健気な言葉と態度、そして膝の上に件《くだん》の手を載せてねだられては、アルトゥーロでなくともクラリとしないわけがなかった。

＊＊＊

今度こそ、と発言したのはルーカ自身だが、ワンピースの中のコルセット以外の下着を取り除いた状態で椅子に座らされ、足を開かされると、頬がじわりと赤らむのを感じた。

——また、見られている……。

昨夜と同じような格好なのにより恥ずかしいと思うのは、蝋燭の灯りなど比べ物にはならないほど部屋が明るいからに他ならない。

「そう、そこを昨日と同じように広げられるな？」

低く毅然とした君主の声に動かされ、恐る恐る、腿の内の閉じた場所を割る。窓から降り注ぐ陽の光が、周囲にはない熟した果実の色を明らかにする。

「もっとはっきり見えるように、膝を曲げて踵《かかと》を肘置きに置け」

こちらを覗き込む彼の精悍《せいかん》な顔には艶のある黒髪が垂れ、影を作っている。美しい人にそんな場所を見られている、ということがさらに羞恥を煽る。

「今日は二度目。わたし以外にここを知るものはいないと断言できるか」

「……はい」

こくりとルーカが頷くと、アルトゥーロは絨毯《じゅうたん》に膝をつき、ふいに体を屈めた。また間近で観察されると思い目を背けて耐えようとした途端、広げた部分に柔らかいものをあてがわれてビクンと背が反る。

「やっ……！」

近づいた顔が、腿の谷間に埋まっている光景に血の気が引かないわけがなかった。あろうことか、付け根に当てられたのは国の頂点にある者の高貴な唇なのだ。

「い、や、だめです、元首さま……唇で、なんて」

「おまえが細工師と断定できるまでは手で触れるわけにはいかない。それでも触れたいのだ。致し方ないだろう」

そうはいっても、憧れ続けた人の唇が開いた下の唇に口づけをしていることにルーカは戦慄せずにはいられない。花弁からぱっと手を引いて体を後ろに下げようとするが、バルーン型の立派な背もたれに阻まれた。

「ドー、ジェ、さま……っ」

茂みを上下になぞった唇が、ぞくぞくとした感覚を呼び起こしていく。震えながら背後を確認すれば、椅子の後ろ脚二本ががっちりと元首の手に摑まれており、それごと後退することもできそうになかった。

「静かにしろ。わたしは今、ここに身を隠している最中だぞ」

「身を……？　なぜ」

「説明はあとだ。いいから黙れ」

「も、申し訳ありません」

そうだ、ここは壁の中。妙な声が漏れては怪しまれる。ルーカは開いた太ももの間にあるワンピースの裾を口元へ引っ張り、自分の唇を埋めて声を殺した。

「ほら、もう一度ここを広げて押さえろ。今度こそ、と誘ったのはおまえだ」

割れ目に唇を寄せて催促され、つい先刻まで針をつまんでいた指先で両側から花弁を開く。その内側はまだ昨夜のように潤ってはいないものの、空気に晒されてひやりとした。現れた小さな粒を静かに見つめて、元首は再びそこに口づける。

「ん、っ……」

角度を変えて何度も押し当てられる唇。昨夜同様、粒には沁《し》みるような感覚があったが、不思議とやめて欲しくはない。

「芯がないというか、柔らかすぎるくらいの感触だな。昨日はもっと、膨れて弾力がありそうだったが」

感触を楽しむように下唇で左右に撫でられたあと、赤い舌を出して、アルトゥーロは谷をなぞり、粒の周囲を丹念に舐める。くるくると動く舌には髪よりはっきりした艶が見え、それは舐められた部分にも広がって、一帯を艶めかしい光景にする。

「っは、ふ……ふ」

「必死で声を殺す様も愛らしい。ますます弄り倒してみたくなる」

体の奥に熱を感じて身じろいだら、指先が覚えのあるぬめりに触れて滑った。昨夜同様、蜜が溢れてきたようだ。

「あ、ワンピース、が」

下着だけを取り除いた状態で脚を開いているので、ワンピースが直に汚れてしまうとルーカは懸念するが、元首は舐めることをやめようとはしない。

「気にするな」

「で、でも、せっかく元首さまが贈ってくださった、のに」

「わたしが贈ったものではない。いっそ汚して、取り替えろ……」

じゅくっ、と音を立てて粒を吸ったアルトゥーロは、魔がさしたのか椅子の脚から手を離しルーカの胸へ腕を伸ばす。コルセットに押し上げられた豊かなふたつの膨らみはほんのり朱に染まり、零れそうに震えて禁断を誘っていた。

海に捧げた聖なる手が胸元へ迫ってくる。ルーカは背徳感と期待に揺れながらその手で乳房が摑まれるのを待つ。

触れていただきたい。触れていただけたら、嬉しい。

だが、そのときは訪れなかった。

「きゃ」

椅子がバランスを崩して後ろに倒れ込みそうになり、アルトゥーロがすぐさま座面を摑んでそれを阻止したからだ。

しかし、体を左右から閉じ込められる格好になったルーカとアルトゥーロの距離は、これまでで最も近づいた。

黒檀の瞳と間近で見つめ合い、どきりとして固まる。

この方の持つ黒は何故、こんなにも冴えて深いのだろう。

「……ルーカ」

優しく名前をなぞる、濡れた唇はガラスよりつややかで美しい。とろかせて、絡めとって、自分だけのものにしたくなる。

衝動のまま、ほんの少し背筋を伸ばして、彼の頬に顔をすり寄せる。その体温は母や友人達とはまるで別物で、心を奪うような官能を持ち合わせている。

ゆっくりと、位置を確かめながら色気のある口元に近づいてゆく。吸い込まれるように、唇を重ねる。

「う、ん」

心もとないほどふんわりとした感触だった。

アルトゥーロはつたないキスを受け止め、椅子ごとルーカを引き寄せた。彼の舌は唇を割り、体温ごと口内に差し込まれる。体のすぐ後ろで背面を握る手には、衝動を持て余すような力がこもっていた。

(元首さま……夢にまで見た、元首さまとのキス)

駆け引きを知らない初々しい舌は元首の体温をまとわされ、巧みに裏側まで探られる。吸い出されそうになって驚いて引っ込めようとしても、優しい甘噛みに引き止められてしまう。

初めて触れ合わせた直の温度に恍惚《こうこつ》として、ルーカは他になにも考えられなくなる。

「ルーカ、コルセットも外せ。……外せ、早く。あの柔らかそうな胸を、口に含みたい」

ふっと唇が離れたと思うと、そう言って急かされた。

胸にも、手ではなく口でなら触れてくださるらしい。

痺れた体で慌ててドレスを脱ぎ始めたら、アルトゥーロは待ちきれないとでも言いたげにルーカの鎖骨に歯を立てた。

「あ」

くすぐったさに指が震えてボタンを外し損ねてしまう。その様を見て、元首は愉快そうにくすりと笑いを漏らし、続けて鎖骨に囁いた。

「早く脱げ。わたしを焦らすとはいい度胸だ」

「じ、焦らしているつもりは」

ない。邪魔をしているのは彼のほうだ。けれど、彼もわかっていてやっているのだろう。

度重なるちょっかいに、もどかしく悶えながらルーカはワンピースから腕を抜こうとするがうまくいかなかった。それを見て、アルトゥーロはますます愉快そうに口角を上げ、胸の谷間まで舐めてくる。

「元首さ、ま、だめ」

「だめ？　今回こそ命令には従いきるのではなかったか」

せめて一旦離してくれたら脱ぎやすいのに、彼の手は左右にあってがっちりと椅子の背を摑んだままだ。気のせいでなければ肘が曲がっているぶん、最初よりさらに空間は狭い。

こめかみに優しいキスを受けながらようやくドレスから腕を抜くと、ますます大胆に、柔らかそうに乳房の上部が震えた。

「きれいだ。おまえほど魅力的な女には出会ったことがない」

「本当ですか……？」

「ああ。擬似的な行為でもかまわないから抱きたいと思ったのは初めてだ」

女でなく、妻、と呼んでくれたらもっと嬉しかった。そんなことを思いながら、胸元に連ねられるじゃれたキスに肩をすくめルーカは微笑む。

私もあなたほど美しい人に会ったことはありません、と言い返すつもりだった。

そのときだ。

「――アルトゥーロ様」

低い声とともに部屋のドアがノックされたのは。

アルトゥーロは途端に冷静な顔つきになり、ミケーレか、と応えて立ち上がる。蝋燭の火を消すように我を取り戻した彼を見、ルーカは心底名残惜しく思った。

また、触れていただけなかった。

それでも急いでドレスに腕を通し直し、身なりを整える。アルトゥーロが扉の鍵を開けたのは、ルーカが最初に脱いだ下着類を残さず身につけてからだった。

ミケーレは部屋にルーカがいると知り肝を潰した様子だったが、この部屋に住まわせるとアルトゥーロに告げられてさらに驚き目を見開いた。

「一体何事です。元首就任以来、危険は侵さぬのが信条だったあなた様が」

「……どうだっていいだろう」

むすっとして横顔を見せた元首に、補佐官はますます驚愕の面持ちで迫る。

「そ、その顎の赤みはどちらで……！」

こちらで、だ。ルーカは思わず脳天を押さえたが、責任を追及されることはなかった。

「見ないふりができないのかおまえは。それよりグラデニーゴの連中はどうした。本題を先に話せ」

ばつの悪そうな顔でアルトゥーロが問うたのを聞き、何故彼がここに身を隠していたのかをようやく理解する。グラデニーゴ、昨日も聞いた名前だが官邸にやってきていたのか。

「資料室で過去の法律について調べていた模様です。アルトゥーロ様に嫌疑をかけるつもりなのでしょう」

「ふうん、常套《じょうとう》手段だな。小賢しい真似をせず早く尻尾を出せば良いものを」

不穏な会話を不安に思い眉をひそめていると、ミケーレがそれに気づいた様子で教えてくれた。エネヴィアにはこまごまとした法律が多いため、失脚させたい相手に対しては、わずかでも違反していた点を見つけ出し議会で糾弾するものなのだと。

失脚——そうか、グラデニーゴは元首さまの失脚を望む者。

「それから、もうひとつお耳に入れたい話が。近頃、石の大橋近くの賭博場《リドット》でグラデニーゴの手のものが不審な動きをしているようです」

続くミケーレの報告に、元首は鋭い目をして訝しげにする。

「石の大橋……わたし達が経営していた立ち飲み屋《バーカロ》の近くだな」

「はい」

話題に上がったばかりの単語が耳に入り、ルーカはウサギのように窓辺でぴんと背筋を伸ばしアルトゥーロを見た。思わず期待のまなざしを送ってしまうのは、連れて行ってくれるとの嬉しい言葉を直前に聞いていたからだ。

「あそこはアルトゥーロ様の支持者が集まる地域。グラデニーゴの気配は争いの火種になりかねません。間者を送り込んで退けますか」

ミケーレに問われ、顎を撫でながら俯いた元首はいっぺんルーカに黒目を向ける。視線の先にあるのは火傷だらけの細工師の手で、その目には憧憬の念が込められているようだった。

「損なってこそ誇らしいもの、か。原点を知れば、わたしもそのように思えるだろうか」

「……アルトゥーロ様？」

「オルセオロ家を出てもなお、自分自身に徹底して完璧さを求め続けているのは、わたしが傷を負った頃のことを乗り越えていないからなのかもしれないな」

独り言のように零す元首に、ルーカはやはり期待のまなざしを寄せてしまう。

——ミケーレさまとご相談をなさらないのかしら。いつ立ち飲み屋《バーカロ》へ行くのかどうか。

視線に気づいたのか、アルトゥーロはルーカの言わんとすることを察した様子で決まり悪そうな顔をする。その表情を見て、すぐさま後悔した。これ以上ねだっては彼を困らせてしまう。

（ああ、考え始めたらそればかりになるのも悪い癖だわ）

肩をすくめて反省していると、一拍の間ののちアルトゥーロが小さく笑った声がした。

「わたしが行こう」

毅然とした元首の声が隠し部屋に響いて、ミケーレはたじろぐ。

「は、……は？　どうなさったのです、いきなり、そのようなお戯れを」

「戯れてなどいない。今夜は珍しくあの下街が見たいのだ。なかなかこのような気分になれるものではない。いい機会ではないか」

「こ、今夜でございますか。あの頃の出来事にご興味を抱かれるのは私にとって大変ありがたいことですが……いかんせん急すぎます。御身の安全はどうなさるおつもりで」

「おまえが伴をすれば危険はない。違うか？」

挑発的な問いに、ミケーレは一時ぐっと答えに詰まったが、しかし戸惑いながらも体を屈めて、御意《ぎょい》、と答える。

よほど腕が立つ人なのだろう。確かに、元首よりもミケーレのほうがやや肩幅が広いようにルーカは思う。剣を持った姿を想像しながら遠巻きに見ていると、アルトゥーロが腕組みをしながらいたずらっぽい笑みを浮かべて言った。

「ルーカ、街へ行きたいか？　立ち飲み屋《バーカロ》を見せてやろうか」

もちろんだ。ルーカはぱっと表情を明るくし、小刻みに三度頷いてから遅れてハイと答えた。行きたいに決まっている。

「ならば今すぐにアンナを呼んで、貴族の娘らしい服に着替えろ。一件所用に付き合えば、そのあとに連れて行ってやる」

「え」

これから？　本当に？　ルーカが問い返す間もなく、慌てて口を開いたのはミケーレだった。

「アルトゥーロ様、娘を連れて行くのは万が一の際、足手まといになります。娘にも危険が及びますので、どうかお控えください」

「彼女がいなければ駄目だ。わたしが下街時代を思い出そうと思えたのはルーカの手のおかげなのだ。でなければ、これまで通り忘れたまま、そっとしておくつもりだった」

「娘の手、ですか」

「ああ。あの手は……損なってこそ、外に完璧を構築しようとする……手」

アルトゥーロの台詞は語尾へ行くに従って虚ろな声で紡がれ、ルーカは違和感を覚えたが、ミケーレの表情は連動して神妙に、納得したように変わっていった。

「そういうことでしたら許可せざるを得ませんね」

補佐官の許可を得たと同時に元首は踵を返し、まるで何事も無かったかのごとく指示を出す。

「ミケーレ、わたしに仮面《マスケラ》とマント《タバッロ》を。それとおまえも着替えて来い。由緒正しき貴族風《ノーヴィレ》にな」

ルーカは時折アルトゥーロが垣間見せる温度差のある態度にわずかな引っかかりを感じつつも、舞い上がりそうな気持ちでアンナのもとへと足早に向かったのだった。

3、

元首が住まう政治の中枢、元首官邸は本島をS字に縦断する大運河《カナルグランデ》の最南端にあり、本島の中で最も巨大かつ、装飾性に富んだゴシック様式の建造物だ。

一階の船着き場から出発したゴンドラは一旦、人目を避けて家々に面した狭い水路《リオ》を迂回したのち、大運河を引き返す形で進んでいく。

昨夜、ここを通って官邸へ向かう際はすっかり日も暮れていたうえ、緊張と不安で周囲を眺める余裕などなかったのだが、今は夕陽に照らし出された景色が次々とルーカの目に飛び込んできて興味を煽る。

運河沿いに立ち並ぶ貴族の館《カ》や外国商館《フォンダコ》は元首官邸に次いで壮大だ。ゴシック盛期の建築らしい豪奢さを持って聳《そび》えるそれらを、ルーカはゴンドラの座席から思わず口を半開きにして見上げてしまう。

何もかもが質素なユアーノ島とは大違いだ。

「……こうしていると、立ち飲み屋《バーカロ》を始めた頃のあなた様を思い出します」

独り言のように零したミケーレは、舟尾に立って櫂を動かしている。お忍びでの外出に伴は彼ひとり、舟漕ぎも兼ねているらしい。

「闇に馴染む黒髪に、黒の瞳。やはりアルトゥーロ様には夜がお似合いです。あの頃のあなた様は闇に完璧を求め、ゆえに陽の下ではわずかに大らかで、安定していらした」

ミケーレの姿はまるで烏《からす》だ。黒の帽子に黒のマント、そしてくちばしのように鼻の部分が三角に尖った白の仮面《マスケラ》……仮面まで黒ければ完璧だった。帽子からは細い金の髪が一筋流れ出、仮面に一筆模様を描いている。

「安定、か。そうだった気もするな。怪我が治ってからも、何故だかわたしは自分が完璧でなくとも暮らしていられた」

答えた元首もミケーレと同様の姿ながら、印象はまるで違う。露出しているのはふたつの瞳と、そして細く無駄のない顎だけ。他が覆われているせいか、輪郭の艶っぽさが妙に強調されて美しい。

ルーカはといえば、襟ぐりの大きく開いた深紅のドレスの上に群青色の布を被り、顔には中心だけを覆う黒の仮面《モレータ》を着用していた。

賭博場《リドット》は貴族による貴族のための社交場で、皆、素性を隠して賭け事に興じるのが礼儀なのだという。謝肉祭《カルネヴァーレ》の最中のようだわ、とルーカは思う。

「何故だか、ですか。本当にお忘れになっていらっしゃるのですね。こうして馴染みの場所を目にすることで、思い出していただけたら幸いです」

元首に静かに笑いかけるミケーレは気のせいか嬉しそうだ。ふたりで下町にいた頃、一体どんな生活をしていたのだろうかとルーカは思いを巡らせる。

対等な友人関係だったのだろうか。それともその頃からこの、主従のような関係だったのだろうか。

ふと、遠くから微かに旋律が聞こえ、ルーカは耳を澄ませた。カンツォーネだ。幾人もの男女の声に混じって、聞いたことのない不思議な楽器の音色も響いており、水を掻く涼しげな音も相まって、いかにも幻想的だ。

（夢みたい……）

高揚してしまう気持ちを落ち着けるように、ルーカは首に提げたユアーノビーズの手作りネックレスを握りしめる。衣装には合わないから別のものをつけるようにと勧められたのだが、お守りであるがゆえに外さずにつけてきたのだった。

このビーズを制作していたときは、よもや自分がこれをつけてこのような場所を訪れることになろうとは思いもしなかった。

船の行き交う大運河を、ゴンドラはゆるやかに進んでいき、停泊する帆船を右に見て白い石造りのアーチ橋の手前で停まる。周囲の街並みは官邸付近より幾分庶民的で、船着き場は貴族の持ち物と思しきゴンドラで溢れかえっている。

「エネヴィアの歓楽街へようこそ、お嬢さん《シニョリーナ》」

アルトゥーロがそう言って恭しく礼をし、ミケーレが手を取ってゴンドラから下ろしてくれる。この状況でいくら抑えようとしても、ルーカの胸が躍らないわけがなかった。

＊＊＊

「いらっしゃい、仮面の方」

辿り着いた先にあったのは、四階建ての豪奢な石造りの迎賓館だ。賭博場《リドット》は二階――貴族階《ピアノ・ノーヴィレ》にあるらしく、階段の手前には案内人と警備兵が立っており、その一角だけ雰囲気が物々しく見える。

「手前がサロンで奥が遊戯室です。サイコロにカード、コイン、賭けの種類はさまざまですので、お好きなテーブルのディーラーにお声がけください」

平型《タッリエーレ》の帽子を被った商人は三人の品の良い服装を見るなり早々に財のある貴族と判断したらしく、名前も聞かずに部屋へ通し、一通りの説明をしてくれた。

歓談に花咲く賑やかなサロン内には甘い芳香が満ちている。人々はそれぞれカップとソーサーを手にしており、ルーカが覗いてみると、そこには見たこともない茶色い液体が入っている。あれは何かと尋ねたら、ココアですとミケーレが教えてくれた。美味しいものだろうか。

「ここで待っていろ。いいな」

ふたりはすぐさま連れ立って遊戯室へ行ってしまい、ひとり、ぽつりとサロンに残されたルーカはきょろきょろと視線を彷徨わせてしまう。

——どの方も貴族かしら……。

室内では控えめながらセンスの良い服装をした仮面の男女があちらこちらで塊になってお喋りをしている。だが親しげな輪の中には到底入っていけそうにない。

それでもルーカは嬉しかった。貴族の社交場に足を踏み入れるなんて、人生において一度限りの経験かもしれないのだ。遠巻きに眺めているだけでも楽しい。

(きっと母さまでも訪れた経験はないはずだわ)

お土産話ができるようにしっかり見物して帰らねば、と窓辺の椅子に腰を下ろすと、頭から被った布の胸元を緩めた。興奮しているのか、全身が汗ばんでいる。バッグから扇子を取り出して顔を軽く扇いでみる。

するとたちまちひとりの男に声をかけられ、ルーカはビクリと背筋を伸ばした。

「お嬢《シニョリーナ》さん？」

太ももまでの丈があるキルティング地の青い前閉じシャツ《ダブレット》に、袖無しの黒い上衣《シャマール》を羽織った貴族風の男だ。仮面からはみ出た顎には輪郭に沿って黒い髭が見える。

「おひとりですか？　それともどなたかと待ち合わせでも？」

「い、いいえ、連れが奥の遊戯室へ行っていまして」

仮面をしていて良かった、と思いながらルーカは口元を扇子で押さえ答えた。見ず知らずの男性に声をかけられる経験はリヴィオに次いで二度目、素顔ならばもっと戸惑っただろう。

「そうでしたか。お連れの方はご主人ですか？」

「……いいえ」

まだ、妻として認めてもらってはいない。手で触れてもらえないだけではなく、元首からは『お嬢さん《シニョリーナ》』——独身女性への呼びかけをされたばかりだ。

官邸に留まっても良いという許可はいただいたから、チャンスはまだあると思うけれど……。

すると、別の男性が輪を離れてこちらへ向かってくる。気のせいか、他の人々もこちらを見てざわついている気配がある。

胸元の露出が多いのだろうか。そういえば着替えを手伝ってくれたアンナにも、この大きさは人目を引くねと言われていたのだった。

焦って谷間を隠すも、彼らの目線はそこより少々上にあるらしい。

「おつけになっているのはユアーノのビーズですね」

「え？　ええ、そうですが」

「白と青の二色使い《ビコローリ》……模様の出方が特徴的で実に見事です。お連れさまからの贈り物でしょうか」

仮面の穴で忙しく動く男の右の目尻に、ルーカは大きなほくろを見つけて思わずじっと見つめた。

「いいえ。これは私が」

「ほう、ご自分で？　それほどのものを独断で購入して、お父上に咎められたのでは」

どうやら相当な資産家の娘と思われたようだ。無理もない。一粒でダイヤモンドより高い値段がつくビーズが二十粒近く連なって首から提がっているのだ。

これは自分で作ったのです、と言って打ち明けたいのはやまやまだったが、たとえわずかでも技術が流出する危険は避けねばならない。良心が咎めるも、貴族の娘になりきるしかなかった。

「ええ、叱られました。でも大好きなんです、ビーズ。我が家には他にも羽模様《ピューマータ》や花模様《フィオラート》もあります。一番好きなのはこの二色使い《ビコローリ》で」

後半は嘘ではない。黒い仮面の内側で微笑んでみせると、目の前の男の表情がわずかに変わったように見えた。

「なるほど。お嬢さん、さては遊戯室のちまちましたお遊びには飽きていらっしゃいますね」

なにが言いたいのだろう。いいえと返答しそうになって、ルーカはふと留まる。後からやってきた男性が、自分の視界を塞いで立っていることに気づいたからだ。

囲まれている。

「あの……」

何かまずいことでも言ってしまったのだろうか、と狼狽えるルーカに、男は体を屈めて告げた。

「退屈なさる気持ちはわかります。もっと高額の賭け金のほうが、興が乗りますからね」

「興？」

「ええ。興が乗る遊び、気になりますか？　秘密にできるのであれば、お話しいたしますよ。なにしろ、法に触れるもので」

マントの影での密やかな誘いだった。

いかに危機感のいらない安全な場所で育ったルーカといえど、ここまでされては不穏な空気を感じ取らずにいられず、扇子を持つ手に汗が滲む。

しかしアルトゥーロとミケーレを呼ぼうにも、男達が邪魔して遊戯室は見えない。他の客達も、彼らふたりが前方に立ったことでほとんど姿がうかがえなくなってしまった。

「実はわたくし、資産家のための面白い賭博を請け負っておりまして。一口、五千ドゥカートから承りますが、いかがなさいますか」

男はさらに声をひそめて告げてくる。五千ドゥカートはユアーノで質素に暮らすなら一生働かずとも生活できる金額だ。そんな高額の賭けを何故、年端もゆかぬ娘に持ちかけてくるのだろう。

そう疑問に感じたとき、脳裏に、出発前のミケーレの言葉がよぎった。

『賭博場《リドット》でグラデニーゴの手のものが不審な動きをしているようです』

まさかこのことを言っているのでは。

「証書さえ書いていただければ、金貨は後からでもかまいません。お望みであれば、お父上にも内緒にしておきましょう」

「か、賭けの内容は……」

「簡単です。とある方の寿命を予想し、その年齢に賭けるだけでいいのです」

仮面の内側で眉根が寄る。賭けの対象にして法に触れる人物は限られている。教皇、大司教、あるいは——元首。

どくん、どくんと心臓が重く脈を打つ。

「そ、それは……お、大勢の方が参加なさっているのですか」

元首の死を願っている人間がいるなど、考えるだけで怖い。だが、確かめなければ。

「寿命は最低で、何歳から賭けられるのでしょう。二十代、でも？」

二十代で職に就いているのは彼しかいない。アルトゥーロは例外的に若くして就任したため、当然、教皇や大司教の年齢とはかけ離れている。

ここでＳｉ《スィ》……イエスと答えが返ってきたなら、賭けの対象は元首でほぼ確定する。

扇子を持つ手に力が入る。

「ええ《スィ》、もちろん」

返答は低くくぐもって、うっすらと悪意さえ感じる声色だった。

「……わかりました。少し考える時間をください、シニョーレ」

扇子を投げつけてやりたいのを堪え、どうにかそれだけを伝えると、遊戯室から戻ってくるアルトゥーロとミケーレの姿がチラと見えた。連れ人の登場を察知した様子で、男達は揃ってルーカの前からさりげなく去っていく。

緊張感から解き放たれた途端、えらく大胆な行動をしてしまった気がして腰が抜けそうになった。

行くぞ、とのアルトゥーロの呼びかけにも、即座には反応できないしまつだった。

＊＊＊

立ち飲み屋《バーカロ》までは徒歩で五分ほどらしい。家々に囲まれた狭い石畳の路地に人影はほとんどなかったので、ルーカは道すがら、たった今自分の身に起きたことを声をひそめて語った。

「ふうん、グラデニーゴの奴らにしてはそこそこ愉快な企みをしたものだ。違法だとあっさり暴露してしまう点はなんとも迂闊《うかつ》だが」

怖れるかと思いきや、アルトゥーロはそう言ってくくとおかしそうに体を揺する。

「それほど高額の賭け金だと、儲けようと考えた参加者がわたしの命を狙う可能性は低くないだろうな。暗殺が成功すれば万々歳、失敗しても自分達の腹は痛まないし、手も汚れない。そのうえ手数料で儲けも出る。なるほど、面白い」

鷹揚《おうよう》な反応は、初対面のルーカを陰謀と決めつけて自らに降り掛かる火の粉を神経質に振り払っていた元首とは別人のようで、ルーカは焦ってしまう。

「お、お笑いになっている場合ではありません。早く官邸へ戻りましょう。暗い時間にうろつくのはやはり危険です」

路地の道幅は人とすれ違うのがやっとといった狭さで、左右をレンガ造りの建物に挟まれている。時折、その隙間から差し込んだ月光が、前を行く元首の肩をちらちら照らし出していた。

すぐ後ろにはミケーレが警戒しながらついて来ているものの、いくら彼の腕が立つとはいえ、前後から挟まれたら進退窮《きわ》まる。なのに、アルトゥーロは官邸内にいるとき以上に平然としている。

「危険？　なんのための仮装だ。心配ない。さっきだって誰もわたしが元首だと気づかなかっただろう」

開き直ったのかもしれないが、潔癖なまでに完璧さを好む彼の言動としては腑《ふ》に落ちず、ルーカは胸に何度目かの違和感を覚えた。

何故だろう。闇の中に繰り出してから、元首はやけに生き生きとして見える。

「それはそうですけど」

「四の五の言わずについて来い。連れて行ってやる、と約束したのだから立ち飲み屋《バーカロ》へは寄る。これは決定だ。それよりおまえはビーズのネックレスを外せ。目立つ」

「こ、これは外せません。ビーズは島の者なら誰でも、毎日身につける大事なお守りなんです。常に触れられる場所にないと不安で」

「いくら大切なものとはいえ、このような下街でそれは決して手の届かない富の象徴だ。狙われても文句は言えないぞ」

強気の声色で言われ、ミケーレにも従ってください、と諭されては、もはや黙って従うより他に道は残されていなかった。

外したネックレスを落とさぬよう大事に握ってハンドバッグの蓋を開ける。中には扇子とレースのハンカチ、そしてミケーレから預かった護身用の短刀が一緒に収められており、その隙間にネックレスを滑り込ませると、じゃらりと聞き慣れた音がした。

大運河を背に彼の後を追い、狭い路地を抜け、行き当たったのは細い水路沿いの道だ。短い橋をふたつ渡って、再び薄暗く狭い路地に入る。そこで民家の角を左折すると、街並みはぐっと古びて風情のある一角に出た。

ツギを当てたチュニック姿の壮年男性に、スカートから緩い脚衣《ブラゲッセ》を覗かせた娼婦、商人風のマントの男女……人通りも多く、飲食店街といったふうだ。

その角にルーカは、薄汚れたぼろきれに包まりうずくまる者を見かけて何事かと慌ててしまう。ミケーレの袖を引いて尋ねれば「物乞いですよ」とのことで、貧民街が近くにあり、そこからやってきては残飯の施しを受けているのだと教えてくれた。

「皆様、同じ市民ですのに、どうしてそのような差が」

「現在のエネヴィアは享楽に慣れた貴族によって動かされています。貴族に不利な経済政策は通そうとしても通りません。経済的弱者は、より弱るばかりで暮らしにくいこと、この上ないでしょう」

「そんな……」

貧富の差のない小さな島で育ったルーカには眉をひそめずにはいられない現実だった。

毎日の食事に困る者がエネヴィアに存在するなんて。

しかし、何故元首が市民目線で理想の国づくりを行おうとしているのかはわかった気がする。

アルトゥーロはふたりのやりとりを沈痛な顔で聞いていたが、ふと立ち止まって口角を上げた。

「着いたぞ。ここだ」

そう言って、軒を連ねる飲食店のうち、最も古びたレンガ造りの建物の戸を開ける。

ここが立ち飲み屋《バーカロ》――キツいアルコールの匂いに顔をしかめながら彼に続いて扉をくぐろうとすると、わっ、と室内で歓声が上がってルーカは背を仰け反らせた。

「アル！　どうしたんだ、凱旋《がいせん》か!?」

訛《なま》りのある男のダミ声が響く。アル、はアルトゥーロを指すに違いない。

見れば、店内には左の突き当たりにL字のカウンター、手前の空間に背の高い丸テーブルが三脚ほどあり、五、六人の男性客がそれを邪魔そうに避けてアルトゥーロに抱きついている。熱狂的な歓迎ぶりにルーカは面食らった。

「おい店主、わたしを名前で呼ぶな。仮面をした者は『仮面の方』と呼ぶのが礼儀だろう」

アルトゥーロが鬱陶しがっても、男達は抱きつくのをやめない。

「るせぇ、俺達の間に堅苦しいのはナシだぜ！　おう、ミケーレもいるじゃねぇか」

「お久しぶりです。この店を皆さんに譲って以来ですね。ご無沙汰しております」

譲った……？　尋ねれば、ミケーレはここが以前アルトゥーロが開いた店で、今は地域の住民が後を継いで経営しているのだと話してくれた。

「期待外れでしょう。決してきれいなところではありませんから」

「いえ！　好きです私、こういう場所。安心します」

官邸と比べ、店は壁ひとつとっても質素で古びているが、地味で装飾のない空間が、ルーカにはとても好ましく、親近感を覚える。母の工房と同じくらいの広さだからだろう。

ぼんやり周囲を見渡していると、ダミ声の主――ツギを当てた茶色いシャツ姿の、現在の店長と思しき中年男が、筋肉質な体でどかどかと近づいてきた。

「見ねえ顔だな。貴族か、娼婦か？　アルとミゲル、どっちの連れだ？」

「え……」

「いや、ミゲルか。そうだよな、アルは女に触れられないもんな。恋人か？　奥さん、って風体じゃねえな」

酒臭い顔で間近に迫っての問いにルーカはたじろぐ。私がミケーレ様の恋人？　まさか。

しかし否定して良いものかどうかは判断しかねる。彼らが『海との結婚』の本当の意味を知らないとして、自分が元首さまの妻になるためにここにいるのだと言ってしまってはまずいだろう。

困惑するルーカを庇うようにミケーレはさりげなく前方に割り込んでくれる。そうして元首と一瞬顔を見合わせ、数秒おいて頷いてみせた。

店内には途端に一段と大きな歓声が湧き起こり、その地響きのような音にルーカは全身を竦める。男性が集団で上げる声の迫力を、初めて知った瞬間だった。

「やるじゃねぇかミケーレ！　出世と同時に恋人まで手に入れるなんてよ」

「よし、今日は祝杯だ!!」

――違うのに。

口々に祝いの言葉を発して騒ぐ男達を前にしゅんとして視線を落とすと、アルトゥーロが体の陰で手招きをしていることに気づく。

仮面からわずかに覗いた唇が、おいで、と動いたのを確認し、さりげなく歩み寄れば、耳元で囁かれたのは「許せ」との淡い謝罪の言葉だった。

「本気でミケーレをあてがおうとは思っていない」

沈んだ気持ちがふっと浮き上がるのを感じながら、ルーカは頬を緩めて大きく頷く。そして、やはり元首さまはお優しい方だわ、と頬をじんわり熱くした。

＊＊＊

手狭な店内にはひっきりなしにお客が出入りし、皆、アルトゥーロとミケーレを見ると歓喜の声を上げた。

ふたりは帽子を脱いでも仮面はつけていたのだが、それでもやはり正体に気づかれる。彼らがやって来ていることを家の者に伝えに戻る人すらいて、よほどこの地域に馴染んでいる、そして好かれているのだろうとルーカは我が事のように誇らしく思う。

(アンナさんの言っていたことは本当だったんだわ)

筋骨隆々の厳つい店長が人で溢れかえった店内を眺め、ここ最近で一番の繁盛ぶりだ、と嬉しそうに笑うのもなんだか喜ばしかった。

しかし誰も長居をしない。食事が終われば店を後にし、また新たな者が訪ねてくる。疑問に思っていると、立ち飲み屋はこうして数軒をはしごするのが正しい楽しみかたなのだとアルトゥーロが教えてくれた。

「ワイン《オンブラ》は本当に飲まなくていいのか？　ここのは口当たりがいいぞ。わたし自ら仕入れ先を選んだワインだからな。……多分」

「多分？」

「あまり覚えていないのだ、下街にいた頃のこと、特に夜のことは。だが、ワイン《オンブラ》が美味《うま》いのは間違いない。ほら、皆、満足そうに飲んでいるだろう」

自慢げに言ってカウンターの客を示す元首の手には、水の入った六角形のグラスが握られている。

アルトゥーロは先ほどまで杖をついた白髪の男性と扉の近くで親しげに喋っていたのだが、老人が去り、ルーカのもとへやってきたのだった。

「ありがとうございます。でもお食事が美味しくて、いただきすぎてもうお腹いっぱいで」

答えたルーカは食事をするために仮面《モレータ》を外していた。どうせ知り合いもいなかろうとアルトゥーロが判断したのだ。

「なんだ、小食だな。だからそんなに細いのだろう。そのうち折れてしまうぞ」

「まさか。こう見えて力はありますよ。穀物だって材料だって船着き場から自分で運びますもの。それに、細くはないです……わかってます……」

胸元を両手で隠しながらルーカが答えると、そこを覗き込むようにしてアルトゥーロは不思議そうに言う。

「胸のことか？　魅力的じゃないか。もっと大きくすればいい」

「こ、コルセットをお締めにならないからそうおっしゃれるのです。これ以上キツくなったら私、心臓が止まってしまいます」

そう言って遠慮しつつ、本心では、自分ばかり美味しいものを口にするのは気が引けていた。なにしろアルトゥーロは周囲に酒豪だと称されながら、アルコールを一口も飲んではいないし、ルーカがたらふく食べたつまみ《チケーティ》もひとつつまんだだけだ。

酒を断たねばならない、という掟を守っているのだろう。

ミケーレもだ。周囲に勧められてワイン《オンブラ》を一杯ほど空けていたが、元首を気にしてか、いざ危険な目にあったときのためか、それ以上、進んで飲もうとする様子はなかった。

触れてもらえないのも仕方ないことかもしれない、とルーカは得心がいった気がした。

彼は真面目なのだ。初対面では冷酷そうに感じられたが、そうやって守っているものは海への誓いで、ひいては国民のためだ。決して自分のわがままではない。

なんて立派な方なのだろう、と体の奥に微熱を感じながらアルトゥーロの姿を見つめる。

「あの……元首さま」

昨日から一転してお優しくなったのは何故ですか。下街へ出てから生き生きしていらっしゃるのには理由がおありですか。なにを考えていらっしゃるのですか。

——本当のあなたは、一体、どんな方なのですか。

知りたくてたまらなくてそう問おうとすると、部屋の角で談笑していたミケーレが戻ってきて小声で言った。

「そろそろ参りましょう。これ以上の長居は明日の公務に差し支えますから」

催促されて柱時計を見れば、すでに二十三時近くになっていた。普段であればルーカはベッドの中で眠っている時間だ。

そうだな、と気づいたようにアルトゥーロもグラスを置き、カウンターに載せていた肘を退ける。

「では、これで失礼する。ミケーレ、チップを」

「なんだ、もう行っちまうのかよアル、ミゲル」

店主と周囲の客は不満の声を上げていたが、アルトゥーロはミケーレがチップを置くのを見届け、冷静な顔に戻る。立場を意識した顔だ、とすぐにわかった。

「案外と気楽にやって来れることがわかったから必ずまた来る。——行くぞ、ルーカ」

ルーカは慌てて外してあった仮面とハンドバッグを摑み、マントをひるがえした彼の後を追う。こうなるとアルトゥーロの行動がすみやかで迷いがなくなることは、隠し部屋での経験からわかっている。

すると店を出たところで呼ぶ声が聞こえ、ルーカは踏み出そうとしていた足を止めた。

「……ルーカ?」

前方の、細い路地のほうからだ。若い男性の声だった。しかし聞き間違いだろう。本島で自分の名前を知っている人間などいないはずだ。

だが念のためそちらに視線を遣れば、目が合ったのは質素な麻のシャツをまとった気弱な人相のゴンドリエーレだった。

「リヴィオ！」

「やっぱりルーカだ。どうしたんだ、こんなところで。ひとり？」

「リヴィオこそ」

彼は満面の笑みで駆けてきて、ルーカの足先から頭のてっぺんまでを往復して眺める。

「僕は仕事帰り。なにか食べてから帰ろうと思ってさ。組合《スクオーラ》所属のゴンドリエーレは皆、仕事が終わるといつもこの辺をぶらついてるんだ。ゴンドラを拾いたかったら、ここに来ると間違いないよ」

その言葉を裏付けるように、リヴィオはゴンドリエーレの組合《スクオーラ》に属す者だけがいただける青いリボン付きの藁帽子をかぶっている。

「ルーカはやけに豪華なドレスだね。昨日の花嫁衣装もきれいだったけど、今日もすごく可愛いよ。舞踏会の帰り？　に、立ち寄るような場所じゃないよな、ここ」

「ありがとう。舞踏会ではないけど、とても素敵な場所へ行った帰りなのは確かよ」

リヴィオは島の外にいるたったひとりの友人なのだ。まさか会えるなんて、と嬉しい気持ちで笑顔を返すと、前方を塞ぐように黒いマントがかざされた。

「おまえはゴンドリエーレだな」

先に行ってしまったはずのアルトゥーロだった。下がった口角の位置から、何故だか至極不機嫌であることがうかがえる。その理由を問う間もなく、言葉は継がれる。

「細工師と口をきくことは組合《スクオーラ》で禁じられていたはずだが」

出し抜けに痛いところを突かれ、リヴィオは青ざめてあやふやに視線を彷徨わせた。

「こ、これは……」

「昨日、彼女を送って来たのはおまえか。その前から親しかったかのような口振りだったが、細工師と言葉を交わせば禁錮《きんこ》刑、一度でも関係を持てば斬首。組合《スクオーラ》に属していながら掟を知らぬとは言わぬだろうな?」

禁錮刑。知らなかった。それでリヴィオ以外の船乗りはどんなに挨拶をしても返答をくれなかったのか。真実を知り、ルーカは慌てて目の前のマントに縋《すが》った。

「お許しください。リヴィオは私の大切な友人で、」

弟のようなものなのです。そう訴えようとし、しかしぎくりとして怯む。

仮面の穴からのぞくアルトゥーロの目が、さらに冷たく細められ、こちらを凍り付かせるような威圧感を持っていたからだ。

「ほう、他の男の命乞いをするのか。この、わたしに」

直前まで鷹揚であったはずの人の不機嫌な声色にルーカはたじろぐ。他の男――男女の関係と誤解されたのかもしれない。リヴィオとは断じてそのような関係ではない。急いで言い直そうとすると、遮るように付け足された。

「庇うな。それだけの情を持つに至る関係だったのだと、かえって認めることになる」

「でも、禁錮だなんて」

「禁を破るのは己の立場を自覚していない証拠。糾弾されても致し方ないと思わないか」

反論しようにも、彼の言葉には重みがあった。酒、女のみならず、チップを与えるときでさえ自ら金貨に触れなかった彼なのだ。とはいえ、

——リヴィオが、牢獄へ……？

想像して、貧血を起こしそうになる。自分が返事をしたばかりに彼は罪人となるのだ。

「申し訳ございません、わたし、私」

アルトゥーロには失望されたくない。だが、見過ごすなんてできそうになかった。

「正直に申し上げます。彼は友人なんです。いつも、元首さまのお話を聞かせてもらっていました。元首さまへの気持ちも、聞いてもらっていました……お許しください」

するとと長いため息とともにかざされていたマントが退かされ、冷や汗を浮かべたゴンドリエーレが視界に戻ってくる。

「掟というのはそう簡単に例外を設けられるようなものではない。だからこそ罰則があり、破らぬように必死にもなる。戒めのない掟など掟ではない」

低く言う元首の視線は、何故だかルーカの手元に向けられている。言葉通りに受け取りたいが、そうさせてくれない気配が、そこにはあった。

どういう……意味だろう。

「リヴィオと言ったな」

アルトゥーロに冷たい声で呼びかけられ、気弱なゴンドリエーレの顔は血の気が引き切って土気色になる。

「……対応は協議して決定する。沙汰《さた》が下るまでは謹慎して待て。組合《スクオーラ》にもそのように通達しておく」

言い切って足早に歩き出す元首を、本当は呼び止めて説得したかった。彼の言葉にわずかでも理不尽さがあったのなら、きっとそうしていただろう。

「行きましょう」

ミケーレに促され、ルーカは心苦しくもリヴィオに一礼してからアルトゥーロのあとを追う。このままリヴィオを見捨てて済ませるつもりはないが、訴える相手がアルトゥーロではいけないと思った。

聞き入れてもらえない、というより、妥協を乞う行為が彼の克己《こっき》的な生き様を否定するかのようで、至極残酷に感じられたのだ。

油断したら闇の中で見失ってしまいそうな黒いマントの背を追い、往路と同じ路地を行く。月はずいぶんと高い位置まで昇っていたが、下街が暗いことに変わりはなかった。

ああ、だから元首さまには黒がお似合いなのだわ、とルーカは思う。

あれは決して他の色の存在を許さない、潔癖さの表れだ。根源は純粋な職務に対する情熱に違いなく、そこに彼を取り巻く複雑な状況が渾然《こんぜん》一体となって深みを与えているのだとも思う。

そう解釈したルーカは、いつの間にかその深淵をしっかり覗き込んでいることにまだ気づいてはいなかった。


やがて前方にアーチ状の石橋と船着き場が見えてくると、先を行く彼の歩調が速まった。元来た場所だ。

あとはゴンドラにさえ乗ってしまえば官邸まで大した距離はない。ミケーレが漕いで連れて行ってくれる。

危機が訪れたのは、そうしてすっかり油断しきったときだった。

「来るな、ルーカ！」

数歩前から切羽詰まった元首の声が聞こえ、ルーカは反射的にびくりと足を止める。刹那、金属のぶつかり合う激しい音が上がり、同時に火花が散ったのが見えた。

しかし小競り合いのない島で育ったルーカが、それを剣の重なり合った音と理解できるわけはない。

「おまえがアルトゥーロ・オルセオロか。恨みはないが雇い主の希望により首をいただく。

まずは女と、金目のものを傷つけないうちにこちらに貰っておこうか」

掠れてくぐもった、大陸訛りの耳障りな喋り方が狭い路地に響く。

じりりと後退したアルトゥーロの背中が月光に淡く照らし出されると、その肩越しには重なり合った刃が、そしてさらに向こうには一回り大きな人間のシルエットが見えた。

やっと危うい状況を悟り、ルーカは立ち竦む。

「アルトゥーロ様っ!!」

ミケーレは弾かれたように駆け出し、ルーカを追い越して元首の前に割って入る。その手にはマントの内側に隠し持っていたとは思えないほど重厚な剣がひとふり握られていて、剣戟《けんげき》が始まるのに時間はいらなかった。

「走るぞルーカ!」

引き返して来たアルトゥーロが早口でそう叫ぶ。ルーカは反射的に振り返って元来た道を駆け出したが、駆ける、というほどのスピードは出なかった。

「もっと速くだ。速く走れ!」

「む、無理です……っ」

石畳がきれいに舗装されているとはいえ、履いているのは慣れない踵の高い靴なのだ。そのうえペチコートと、ドレスの裾にあしらわれたレースが足さばきをいちいち邪魔してしまう。転ばないだけで奇跡だ。

ひゅうひゅうと喉が鳴り、泣き出したい気分に駆られる。

一方身軽なアルトゥーロは、疾走しながらも冷静な判断が下せるようだった。

「あいつ、雇い主がいると言っていたな。グラデニーゴ、というより賭けに参加した人間を疑うのが先だろうな」

「え、ええ」

「ミケーレなら心配はいらない。百戦連勝、ただの一度もしくじったことがない男だ。遠回りをして、船着き場で合流するぞ。土地勘ならある。着いて来い」

「は……」

はい、と言いたいのに、息が苦しくて言葉にならなかった。暗くて細い路地は往路でもどこか剣呑で怖いと感じていたが、現実に怖い目に遭うとは。

「く、るし……」

コルセットのせいで浅い呼吸しかできず、酸欠のためかくらくらとした眩暈《めまい》を覚える。もうだめだ、と次の足が出なくなりルーカはやむなく立ち止まる。アルトゥーロは手を貸そうとしながらもルーカに触れる決断ができない様子でそこにただ寄り添った。すると、

「ああ、まずい」

前方に黒目を遣り、そう零した彼の声にはため息と緊張が含まれている。

異変に気づいたルーカが視線の先を見れば、一本道の途中の脇道から、先ほど目にした

姿形と同様の人影が現れるところだった。

金目のものは女ごと渡せ、という要求も大差なく、味方である可能性はゼロ以外にない。

そうと悟って凍りついたルーカをアルトゥーロは背に隠してククと自嘲する。

「治安は改善したと聞き及んでいたが……まだまだ努力が足りぬか」

笑っている場合ではない。一難去ってまた一難、だ。いや、一難はまだ去ってはいないのだが。

剣豪であるはずのミケーレは手こずっているのか、まだ後方で剣を振るっている。引き返そうにも後がない。

「ルーカ、下がっていろ。怖ければ目を瞑っていればいい。わたしも腕に覚えがないわけではない。ここでは、負ける気がしない」

視線を前に向けたまま、アルトゥーロはそう言ってルーカを勇気づけながら右手の剣を握り直す。実際、彼の構えは堂に入っているようだったが、ルーカの不安は拭えない。

(私を庇って、元首さまにもしものことがあったら)

縮み上がりながらも必死で考えを巡らせる。どうにかして彼だけでも無事に逃がせないだろうか。そう思案しながらルーカは胸元へ手をやった。咄嗟にビーズに触れて少しでも冷静になろうと思ったからだが、そこに触り慣れたものがないことに気づいて、はっとした。

そうだ、自分は今、富の象徴とも言える装飾品を所持している。これで一瞬でも相手の注意を逸らせたら。

いいえ、もっと確実な方法がある。賭博場のときのように貴族の娘を装ってうまく騙せれば……。

震える手でバッグの蓋を開けて青と白のビーズのネックレスを取り出すと、じゃらりと微かな音がした。聞き慣れた優しい音だ。アルトゥーロが察して肩を動かしたのがわかったが、背に隠れたまま続いて短刀を取り出し、鞘《さや》から抜く。

その切っ先を左手で自らの喉元にかまえると、ルーカは右手でビーズを体の前に差し出し、アルトゥーロの右傍より男の前へ躍り出た。

「か、金目のものならこのビーズをお渡しします。私ごとお渡しします。我が家は裕福な貴族、館にはまだ似たようなものが山ほどありますから、私を人質にすれば家族から身代金がとれます」

もちろん口から出まかせだった。

「ルーカ、何を言っているんだ。やめろ」

アルトゥーロに焦った様子で言われたが、大人しく従うわけにはいかない。

「いいえ、やめません。そこの方、どうか私を連れ去る代わりに彼を見逃してください。もしもこの方の命を奪うなら、私はこの場で自害します。依頼主においくらいただくのかはわかりませんが、今回この場は私を連れ去って彼の首を見送ったとして、あなたは損をしないはずです」

元首を守りたい一心だった。

すると暴漢の目の色は高価なビーズを前にして明らかに変化を見せた。思惑通り、ルーカを裕福な貴族の娘だと思い込んだようで、アルトゥーロの顔とルーカを往復して見比べ、浅く頷く。

「いいだろう」

予想より早い決断だった。薄汚い手が伸びてきて、ネックレスを受け取ろうとする。

嫌悪感を感じつつも、ルーカはじっと耐えた。一粒ずつ加工したビーズには、幸せな結婚生活を送れるようにとの祈りが込められていて、こんな輩のために制作したわけではない。

けれど、元首さまを護れるのなら惜しくはない。むしろ光栄だ。

自分と同様に結婚を夢見ている細工師のためにも、ユアーノ島の未来のためにも、これが最良の選択なのだ。

しかし暴漢がその指先でビーズを引っかけた途端、

「来い!!」

アルトゥーロの叫び声がすぐ横で上がり、差し出していた右の掌に乱暴な衝撃が走った。

そこは強く摑まれ、肩が外れそうな勢いでぐんと引かれる。

「きゃ」

短い悲鳴が勝手に漏れ、なにかを考えている暇もなかった。引っ張る力に逆らえず石畳の上を駆け出すと、踵の高い靴が脱げ落ちそうになって右によろけた。

「ド……元首《ドージェ》さま……!?」

ルーカは自分の身に起きていることのすべてが信じられなかった。

火傷だらけの手を摑んでいるのは大きな手――アルトゥーロの手だ。力強く、温かく、しっかりと触れている。

（あれほど忠実に誓いを守っていらしたのに……）

夢かもしれないと思いながら、背後をちらと振り返ってみる。男は石畳に這いつくばってビーズを拾っている。受け取り損ねて落ちたのか、紐《ひも》が切れたのかはわからないが、パーツが散らばってしまったことは確かなようだった。

「阿呆め。なにが、私ごとお渡しします、だ。モノと人の命を同等に扱うな」

水上の迷宮と呼ばれる行き止まりのない路地を、慣れた様子で右へ左へと自由自在に曲がり、元首は忌々しげに吐き捨てる。

「あんなふうに庇われて、わたしが喜ぶなどと思うな!!」

振り回されるように彼の後を追いつつルーカは自らを恥じた。

そうだ。彼は簡単に国民を切り捨てられるような人間ではない。保身に走るのは国民のためで、その前提が逆転すれば、命を投げうつことも厭《いと》わないのだろう。

この方が元首……私の恋する方。

ルーカの目にはその、どこまでも深い闇色の背中が至極頼もしく、自分の知りうるどんな人物よりも気高く映った。

＊＊＊

逃げ切って、アルトゥーロと手を繋いだまま船着き場に辿り着くと、ミケーレが涼しい顔でゴンドラを岸辺に寄せていた。暴漢達の姿がないところを見るに、降参させたか、逃げおおせたに違いないとルーカは平和的に思う。

「アルトゥーロ様、お怪我は」

「ない。そちらはどうだ。ふたりともとらえたか」

「ええ。区の警備隊に引き渡し、黒幕を吐かせるよう命じてあります」

「わかった。手段は選ばぬと伝えろ」

舟に乗り込む際、ふたりはぼそぼそと報告しあっているようだったが聞き取れなかった。

荒い息を整えながら座席につく。振り回された体の中で、心臓だけがまだ落ち着く場所を見つけられずにいる。

　この手は本当に元首に触れていただろうか。感触は儚《はかな》く、すでに消えてしまった。

　するとアルトゥーロはすぐ隣にどかっと腰をおろしたかと思うと、自らの仮面《マスケラ》を外し、ルーカの膝の上にあった左手を奪うように握った。

「……触れても良いのですか」

　恐る恐るの問いに、彼は視線を落としたまま答える。

「先ほどすでに触れた。一度も二度も同じだ。それに、おまえは……」

「私？」

「おまえの手は、摑まえておきたい」

　櫂受け《フォルコラ》がギィと音を立て、ゴンドラが岸を離れる。左右に揺れた舟体の前方、海面には月がゆるく歪みながら映り込んでいた。どの形に落ち着いたら良いのか決めかねているようにも見えて、ルーカは自分の今の気持ちをそこに重ね合わせる。

　応じかたがわからずまごついていると、左手を握っていた手がふいに離され、その腕で頭をそっと引き寄せられた。全身で感じたのは想像していたよりずっとたくましい、初めて知る男性の体だった。

「ルーカこそ、怖くはないか。わたしに触れられるのは」

　髪を撫でながらの、独り言のような問いにふるふるとかぶりを振って、深い黒色の瞳をれなければ細工師は未来を紡ぐことができない。ルーカはそう考えて、ふいに矛盾に気づく。

「まさか。元首さまがご無事なら、他に怖いものなんて」

ない。今なら断言できる。こうして広い胸に包まれている、今なら。

もしも彼を失ったら生きてなどいられなかった。自分だけ逃げおおせても、彼がいてく

間近で見つめる。現実だろうか。

いいえ、私達が元首さまを失うわけはない。

彼がいなくなっても、元首の任がなくなるわけではないし、新たに別の男が同じ役割をおえば、自分たちはその誰かを慕い、嫁ぐだけだ。細工師は元首という地位についた人間のものであって、そのうちのひとりのものではない。

もちろん、だからといってあのような危機に敬愛する元首を見捨てて良いわけではない。だが、いくら彼の命が消えようと細工師が元首を失うことにはならないのだ。

教わってきた通りのことを心の内で復唱するも、胸のあたりに違和感を覚える。

『あんなふうに庇われて、わたしが喜ぶなどと思うな!!』

他の元首も同様の言葉を言ってルーカを救ってくださっただろうか。それとも――。

(もう、知らない『誰か』じゃない……)

これまで当たり前に胸の中にいた、抽象的な元首の姿を思い浮かべようとすると、そこ

にアルトゥーロの姿ばかりが強く現れて叶わなかった。同じ水路をやってきたとき、あれほど心を躍らせた景色にも目は行かず、彼の横顔ほど興味をそそらない。

時間が経てば経つほどますます感情は落ち着きをなくして、ルーカを戸惑わせる。

十年以上もの間、ぼんやりと描いていた恋慕の対象は今、はっきりと具体的な像を結ぼうとしていた。

＊＊＊

官邸の一階にある船着き場から、三階にある隠し部屋までルーカはアルトゥーロの手を引いていった。やっと触れた手を離されたくはなく、今夜こそ細工師としての使命を果たしたかった。ここにいる理由を、忘れてはならないと思った。

「……ルーカ」

隠し扉が閉まったと同時に腰に腕が回ってきて、コツリとおでこを合わされる。足下には彼のマントが重い音を立ててばさりと落ちた。

大評議会の間、壁の内側に造られた秘密の空間は出発したときより少々手狭になっている。ルーカは寝床などなくてもかまわないと思っていたのだが、アンナが用意してくれたのだろう。扉を開いて左手の角には、ひとり寝にちょうどよい幅の木の寝台が据えられていた。

「湯桶はいるか。なにか、欲しいものは」

「いいえ、なにも」

あなた以外はなにも。

短く答えた唇は、頭を斜めに傾けた彼に奪われる。背をしっかりと支えている腕には、どこへもやらないと言われているようで心地良かった。他の花嫁も同じように抱かれるのだろうか、いや、今は余計なことを考えてはいけない。

「わたしも、おまえ以上に欲しいものなどない」

甘い言葉とともに衣服をつぎつぎと脱がされ、彼の前に晒すのは室内に籠りきりで仕事を続けてきた成果とも言える白い肌だ。

互いに纏うものがなくなると、見つめあったまま、アルトゥーロはちょんちょんとルーカの唇をついばんで後ずさりをさせる。踵が寝台に行き着き、そこにお尻から上がると、脚は彼が抱え上げて載せてくれた。

「昼間はここに口づけそびれたな」

上から覆い被さられ、右の膨らみの先に戯れのキスを受ける。月光が滲ませた彼の輪郭には、やはり独特の艶があって、愛撫する様子とともに見惚れてしまう。

「ぁ……」

膨らみの先にじんわりと、淡い熱が生まれて広がっていった。

「甘く澄んだいい声だ。抑えなくていい。衛兵は大評議会の間の外へ置いた。わたし以外、誰にも聞こえない」

唇は徐々に執拗に胸の先に押し当てられるようになる。わずかな隙間から差し出された舌が、小さな頂をとらえ、ぺろ、と舐めると、そこに唾液が移り、果実のようにつややかに光った。

身をくねらせるルーカの腰を摑み、押さえつけて両の先端に艶を与えると、アルトゥーロは右の色づいた部分を大きく頰張り、甘嚙みを始める。

「ん、っ元首さ、ま」

歯の間に挟んだ突起を、クチュ……と湿り気を帯びた音とともに吸われ、息を呑む。熱い咥内《こうない》が肌に絡み、甘い感覚をさらに増幅させる。

「……はぁ……っ」

「始めたばかりでそれだけ息が上がっていて、最後まで保つのか？」

「っは……はい、きっと」

頷きながらも自信はなかった。

元首の舌は何故これほどまでに体を熱く翻弄《ほんろう》するのだろう。

離された彼の口の中から現れた先端はつんと尖って天を向いている。続けて左の頂を啜られ、真新しい感覚がそこに走る。

「あ、っぁ、あ」

するとびくびくと震える乳房に向かって、汗ばんだ大きな掌が伸びてきた。触れられる。ついに触れていただける。期待して待ったが、その手は寸前で方向を変え寝台のカバーを摑んだ。

もしかしたら、とルーカは思う。

他の部分は良くても、女そのものの部位に触れるのは躊躇《ためら》われるのかもしれない。

「……私の手の自由をお使いくださいませ」

ルーカはたまらず両手首を合わせた状態で、元首の前に差し出した。

「今だけ、互いの手を置き換えるのです。私が海への誓いを引き受けます。いいえ、自由そのものを海へ捧げます。どうぞ拘束してください。そのぶん、元首さまの御手を自由に」

自分は本物の細工師であり、触れるべき女なのだが、それでも気になるのなら代わりに自分の自由を差し出す。だから、触れて欲しい。そう提案すると、元首は躊躇いがちにルーカの手を取り、両の指先に口づけをした。

「互いの手を置き換える……わたしはこの手を、とらえて良いのか」

「はい」

アルトゥーロはまず訝しんだが、ルーカの腕をしばし眺めたあと、おもむろに床の上から脱いだばかりのシャツを拾い、その袖でルーカの細い手首を緩く括《くく》り始めた。結び目を寝台の右上部の柱に引っかける仕草は、迷っているようにも見惚れているようにも見える。

「何故だろうな。こうしていると、やけに安心する」

優しく、力強い手が拘束された手首に触れ、二の腕まで降りてゆき、脇を伝って、右の膨らみをやや強く握り込む。

「あ……！」

「見事な大きさだ。片手には収まりきらない。唇で触れるよりずっと柔《やわ》く感じるが、気のせいか……」

独り言のような台詞にも、ルーカはぞくぞくと内の熱を昂《たかぶ》らせてしまう。聖なる手が膨らみの形を変えながら動いている……とてつもない贅沢だ。

アルトゥーロはルーカの両方の胸を寄せて持つと、それをさかんに弄り揉み込む。太ももに馬乗りされた状態で胸を捏《こ》ねながら見下ろされ、全身を支配されている感覚に熱いため息が漏れた。

「十八か。まだ育つな。毎日こうして触れていたら、さらに豊かに、大きくなるだろう」

クッションを弄ぶように蠢《うごめ》く手は、硬くなった先端をいたずらに親指で押し込んでいる。そわつくような快感が胸全体に広がって、腰のあたりが淡く疼いた。

「もっと……大きいほうが、お好みですか」

「大きければいいと考えているわけじゃない。おまえの胸は美しいだけでなく、先端の色づきかたといい、つんと上を向く形状といい、もれなく男をそそるように見える。だから育ててみたい気もしている」

汗ばんだ掌は舌とはまったく違う感触で、こそばゆさもありながら膨らみの奥をじわじわと感じさせていた。押し込まれた先端は転がされ、ルーカは下腹部に衝動を感じて困惑する。

昼間の愛撫が恋しい。太ももを開いて、足の付け根を広げて、舐められる行為が。

「……ぁ……っぅ、あ……あ」

けれど言えない。従順にせねば、というより、恥ずかしくて。

「胸の表面が張ってきた。感じている証拠だ」

満足そうに言って、アルトゥーロは閉じたルーカの腿の内側に、右手の指を差し入れた。とらえられたのは蜜を零し始めた入り口だ。

「濡れて……いるようだな」

ぬるり、布地が滑りながら割れ目を前へと移動する。

「や……っ、も、うしわけ、ございませ……っ」

「謝ることじゃない。割れ目のほうまでひたひたにするとは、そんなに胸を捏ね回されるのが良かったか？」

快感の証を胸の先に塗り付けられ、思わず瞼を閉じる。恥ずかしくて顔を背けようとすると、頭の左右に持ち上げた腕がそれを阻んだ。

「ど……して、そんなところに、塗るのです、か」

「良くないか？　ここを、こうして潤滑《じゅんかつ》にして弄られるのは」

「……っ、いい、です、けど」

恥じらいながらも快感を受け入れるルーカを見、アルトゥーロはくすりと笑って覆い被さり、邪魔な髪をかき分けて斜めに唇を奪う。

今度は軽いキスではなかった。押し込まれた舌に上あごを舐められ、器用に角度を変えて口を何度も塞ぎ直されて、甘ったるい声が漏れる。

「うんっ……ふ、は」

丁寧な愛撫に酔いつつも、脚の間も同様に舐められたい、待ちきれないと思ってしまう。

みるみる焦《じ》れてゆくルーカの括られた手を、アルトゥーロは見つめ、唇を寄せた。

「見事な胸も、よく濡れる秘部も、可愛らしい反応も良いが、わたしにはこの手が最も好ましい」

「……手？」

「ああ。今日わたしはおまえの手に驚かされ、魅せられ、救われた」

10月刊お

影の花

「ふあっぁ、あ、ぁああっ」

止めてくれと確かに願っているのに、もっとと強
体へ失望感が募る。死にたいという思いにまた囚われそうになったが暗い思考へ傾きかけた頭は、じゅ、と蕾を吸い上げられた瞬間真っ白に弾けた。

「っ、ぁあーッ!!」

胎内の奥に溜まった熱は解放を求めて怪しく疼く。更なる蜜がどっと溢れ出し、それを丁寧に舐め取る龍月の鼻が敏感な場所を掠める度、淫らな声が漏れてしまった。

「そんなに気持ち良かったか？　ちゃんと逝けたじゃないか」

「……はぁ、ん、ぁ……」

虚ろに見開いた八重の瞳は何も映しておらず、開きっ放しになっていた口の端からは唾液が零れ、汗や涙も垂れ流しの顔はぐちゃぐちゃに濡れていた。

「恨めば良い。憎んで汚れて……この暗闇まで堕《お》ちて来い」

満足げにそれを見下ろした龍月は愉悦に唇を歪め、八重の頬を撫でた声には甘ささえ含まれていた。しかしそれに気付く余裕は最早無い。

知らぬ者が見れば恋人同士のような口づけを交わし、僅かに身体が離れた事に安堵した。

お試し読み

寵愛の枷

「し、縛るのですか……今日
「おまえを信用していない、
この手を縛っておきたい。
をわたしの手に置き換え
う……言っただろう」
元首の目に一瞬強硬な
しく要求に従い、両手を
「ああ、安心する……」
そう言って満足そうに
を開き、体を屈めて秘
れた舌が粒を掠める。
「あ……っん」
ぴちゃりと音を立
かしく、ルーカは足
てしまう。
もっと、もっと深く、
無言の催促に気づい

10月の新刊

寵愛の枷

斉河燈　イラスト 芦原モカ

戒律により、若き元首アルトゥーロに嫁いだ細工師ルーカは、毎夜執拗に愛されて彼しか見えなくなっていく。けれど、清廉でありながらどこか壊れそうな彼の心が気がかりで…。ある日のこと、自分がいることで彼の立場が危うくなると知ったルーカは、苦渋の決断をするのだが——。

影の花嫁

山野辺りり　イラスト 五十鈴

母親を亡くし突然攫われた八重は、政財界を裏で牛耳る九鬼家の当主・龍月の花嫁にされてしまう。「お前は、俺の子を孕むための器だ」と無理やり純潔を奪われ、毎晩のように欲望を注ぎ込まれる日々。だが、冷酷にしか見えなかった龍月の本当の姿に気づきはじめ……？

次回の新刊 11月3日ごろ発売予定

堕ちた欲望（仮）	宇奈月香	イラスト：花岡美莉
不機嫌な奥さま（仮）	秋野真珠	イラスト：gamu

左の甲にすり寄せられた頬はほんのり汗ばんでいて、ひやりと冷たい。

「初めてだ。損なっているのに魅力的だと思えるものに出会ったのは」

彼の言葉の意味はわからなかったが、説明を求めようにも息が上がってしまっていて、なにより、キスを受けたばかりの唇がとろけきっていて、うまく言葉にできなかった。

アルトゥーロはルーカの掌に頬ずりをしたあと音を立ててそこにキスをし、指の股に舌を入れる。生暖かいそれは水かきの部分に絡み付き、ぴちゃぴちゃと音を立てる。

「っぁ、ヤ……っ」

こそばゆさに耐えきれず指を折り曲げようとすれば、人差し指を根元で咥えて阻まれた。その状態で舌はまた、人差し指と中指の間を繋ぐ薄い皮膚を舐め回し、しゃぶる。

胸の先に触れられたときの感覚に似て、そこだけ妙に敏感に、甘やかに感じた。

咥えた指を唇でしごくようにされ、じゅくじゅくと吸われるのも、欲しくてたまらないと言われているようで、ルーカは恍惚とせざるを得ない。

「あ……あ、元首さまのお口のなか、あつい……」

あつくて、なめらかで、心地良い。

人差し指をわずかに動かしてみれば、指先が舌の中央に柔らかく食い込んで、応えるように押し返された。もう一度押す。ゆるく押し返され、包み込まれ、吸われる。

「あつくて、柔らかい……」

細やかな感触の虜になりそうだ。

勝手を許すように、開かれた口からゆっくりと指を引き抜き、並びの良い歯列をなぞる。

つぅっ、と掌を彼の唾液が伝って、ガラスのように煌めいた。

きれいだ。先ほど失ったビーズよりも、ずっと。

うっとりと雫を見つめていると、アルトゥーロはルーカの指を名残惜しそうに眺め、淡い声で零す。

「もっと知りたい。この手をもっと。おまえをわななかせたら、一体どのように震えるのかということも」

彼の右手の指先がもう一度、閉じた脚の付け根にあてがわれる。それは濡れた割れ目を滑って、前後に蜜を塗り広げたあと、粒を掠めながら蜜口をとらえた。

「知りたい」

引き絞った布のように固く閉じたその場所に、ぐ、と力を込められ、ルーカは全身をこわばらせる。いよいよ痛い。しかしこじ開けられる苦しみも、妻としての務めだと思うと喜ばしかった。

「硬くなるな、ルーカ。ゆっくり息を吐け」

入り口を割った指先は、内壁に破られるような感覚を与えながらわずかずつ内部を進む。

到達を待つ下腹の奥が、じんわりと期待に満ちて疼き始める。

「ん、ふ……ぅ、っ……」

「そう、上手だ。苦しくなったら、わたしの指を噛め」

左手の中指を口に含まされ、ルーカは反射的にそれをじゅっ、と吸う。すでに苦しかったが、不安も痛みも息苦しさも、優しい声色が薄めてくれた。

「大丈夫、あと少しだ。すぐに楽になる」

指は、進んでは止まり、止まっては進んで、内壁を押し広げる。中ほどまで来ただろうか。痛みより体内に触れられている違和感のほうが強くなってきた。

「もっと騒ぐかと思ったが、我慢強い女だな、おまえは。そんな性格もたまらなくいい」

アルトゥーロはそこで指を止め、ルーカの足を開かせると、じわじわと周囲の粘膜をほぐし始めた。呼吸がままならなくて、ルーカは口内の指をそっと舌で押し出す。

「は……ん、ぅ……、体の……なか、波が起こっている、ようです」

「波？」

「はい……元首さまの指が、揺れるたびに……」

体の芯に小さな波状の痺れが生まれ、徐々に大きくなって、全身に行き渡ろうとしている。ルーカが体をくねらせ、はあっ、と吐息すると、アルトゥーロの喉元が小さく鳴り、その表情から余裕が消えた。

「あと少しだけ耐えられるな？」

内部に加わる力が一段と増す。それまで同様ゆっくり進むかと思いきや、指は一気に根元まで埋め込まれた。

「っァ……あ!!」

激しい苦痛とともに、初めて内部でわずかな愉悦を感じた。自分が自分ではなくなってしまいそうで、必死で息をする。

「……ああ、あ、元首さまの、指、深い……っ」

アルトゥーロは膣内から右手の中指を引き抜き、しっとりとふやけた指先の味をみる。そこには血など滲んでいなかったが、彼の表情は満足そうだった。

「二本、挿れても大丈夫そうだな。挿れてみるか?」

「ぁ……は……はい……」

答えるなりゆっくりと二本の指がのぼってきて、内壁が慣れない圧迫感にひくついてしまう。体内に広がるのはかさぶたを捲るようなじんじんした痛みだ。それすらルーカには嬉しくて、ただ堪える。

「ん……ん」

「随分とよく締め付ける。そんなに可愛くねだると、がむしゃらに奪ってしまうぞ」

熱い息を首筋に吹きかけながらの台詞は、焦れきっていてやはり余裕がないように聞こえる。

「元首さ……ま、の、なさりたいように、なさってくださいませ」

「ルーカ」

「それが私の喜びなのです。私の性はこの世に生まれ落ちた瞬間から、あなただけの……」

ものです、と言いたかったのだが、言い切れない内に唇は強引に重ねられていた。狭い口の中を満たすのは、先ほど指先で感じた細やかな感触の舌だ。

一心不乱な口づけをしながら、アルトゥーロは指をルーカの内から引き抜く。濡れた指は、拘束されたルーカの左の肘を摑み、寝台へと押しつける。

「ん、んふ……っ」

嚙み付くようなキスが続いて、必死で息をしていると、空っぽになった蜜口にあてがわれるものがあった。指よりもずっと太さがあり、ずしりと重いものだ。鉄の棒でも当てられたのかと思い驚いたのも束の間、先端が押し込まれて、ルーカは痛みに背を反らす。

「ア、あああ！」

とてつもない質量と衝撃に背骨が歪むようだったが、与えられているのは狂おしいほど愛おしい充溢感《じゅういつ》だった。

しかし彼にしがみつこうとしても、腕は寝台の柱に繫がれていてできない。痛みに体が跳ね上がるたび、縛り付けているシャツがぎちぎちと寝台を軋ませる。縋るものもないまま奥まで一気に貫かれ、悲鳴を上げる余裕もなかった。

「……ッ、溶け合うようだ……」

掠れた声で言ったアルトゥーロは震える豊かな胸の先を無我夢中で頬張り、きつく吸うとともに、狭い膣内を押し広げながらルーカの感触を最奥の壁まで味わう。

「痛くはないか？」

「ふ、っあ、平気、です……ア……ぁっ……元首さま……ァあ、なか、いっぱい……っ」

頷いた直後、一旦浅く引き抜かれ、それからまた最奥を押すようにつき込まれ、寄せては返す動きが始まる。硬い熱が出し挿れされるたびに本当は脈打つ感覚が内にあったが、止められるのが嫌で黙っていた。

痛みさえ嬉しい。

「……もっと……」

「なんだ？」

「もっと、もっと元首さまの好きに、して……私を好き勝手に、扱ってくださいませ……」

そのほうが、妻になれた実感が湧く。涙ぐんだ目で訴えれば、アルトゥーロはたまらないといった顔をして動きを止め、眉間に悩ましげな皺を寄せる。

「どうしておまえは、そう……っ」

体を四つん這いに返されると、捻ったせいで手首の拘束の締め付けがぐっと増した。

「他人を優先するのもほどほどにしろ。壊してしまうぞ」

獣の体勢で、粒を弄りながら太く重い楔にゆるゆると内部を掻き回され、声が上擦ってしまう。

「アアあ、ッ元首さま、になら、いくらでも壊していただきたく、ぁ、んんっ」

「アルトゥーロだ。元首、ではなく名で呼べ。あの舟乗りの名は呼んでいただろう」

「ヤ、ぁあ、っ、あ――ッ」

声を裏返らせてかぶりを振ると、瞼の裏に火花が散ってチカチカした。

尾てい骨の裏のあたりが擦られるのは火が燻《くすぶ》っているかのように熱く、ルーカは額に汗を滲ませる。火傷でも負ったみたいだ。だが、アルトゥーロはまだ足りないと、締め付けを催促するように指でねちっこく粒を転がしながら、寝台を軋ませて大きく腰を揺らしてくる。

「あ、だめ、こ、んなに、だめ、ですぅっ」

仰向けで突かれていた内壁より、ずっとデリケートな部分に容赦なく彼を擦り付けられて、全身はバラバラになりそうなのに、痛いのか悦《よ》いのかもうわからない。

「っぁん、アアあ、ぅ、もう……っ、だ、め」

腰を持ち上げていられなくなってベッドの上にへたり込むと、体を仰向けに返されて、向かい合った状態で再びお腹の内側を奥までぴったりと満たされた。

「駄目？　好きにしろと言ったのはおまえだ。このまま吐き出させてもらう。おまえが欲しがった子種だ。しっかり受け止めろ」

見上げれば、彼の額はすっかり汗ばんでいる。こめかみには一筋張りついた髪。乱れた彼もきれいだ。

キスをひとつ交わすと、出し挿れの速度が速くなり、時折、接続部の周囲を擦り合わせる動きも加えられた。

「ま、待っ……、元首さま……っ」

「どうした。やはり孕まされるのが怖くなったか」

「いゃっ、ちが……これ、気持ち……良く、なってきて」

痛みの中に快感を得始めて、ルーカは激しく揺れる寝台の上で心配になる。

気持ちいいだなんて、これではまるで奉仕されているようだ。だめだ、もっと彼の良いようにしていただかなくては。

「わ、私ばかり、こんな……お願いです、もっと元首さまのためだけに動いてくださ、い」

「良いのは自分だけだと、本気でそう思っているのか。わたしがこれほど、衝動を、抑えきれなくなっていても」

　とろけたその場所をさらに激しく行き来して、アルトゥーロはルーカのつたない締めかたを貪る。がつがつと奥を突かれ、粒を弄られながらわけもわからずただ喘いで、ルーカは恋した相手に乱される密やかな悦びをその身に刻み付けていく。

「い、やぁ、いいのぉ……っ、いい……」

「もっと快《よ》くなれ。命令だ」

「あ、っんぁあ、もう、これ以上なんて、ぅあ……あ、な、にか、これまでと、違う……っ」

　ふっと快感の種類が変わって、ルーカは弾ける予感に呼吸を浅くする。体内にある器が満杯になって、ぐらぐらと揺れながら中身を溢れさせているような気がした。

「は……ん、いヤ、ぁ、あ、っ、いや、すごぃ、の、が」

「欲に逆らうな。感じるままに身を委ねろ……！」

　ばたついて抵抗を試みたが、アルトゥーロは奥を混ぜる動きも粒を弄ることもやめない。

「ア、ぁあ……あ！　くる、きちゃ、いますぅっ」

　だめ。もう、ぶちまけてしまう。

　危機感に息を止めて耐えようとしたときには、すでに遅かった。

「ひ、ぁ、あぁあああ……っ!!」

　腰が大きく揺れると同時に瞼の裏から血の気が引いて、煌めく細かい粒が見える。勝手に波打ち痙攣《けいれん》する体は、皮膚の表面にまで陶酔感を広げていく。これほど強烈な快感を覚えたのは生まれて初めてで、どこまで心を委ねてしまって良いのかわからない。

「ああ……あ」

「男を知ったばかりのここが、こうもうねり、絡み付くとは……」

ルーカはどっと脱力するが、内側の杭《くい》はまだ奥をついており、ルーカの昂りを冷めないままにする。

「っ元首、さま……の、御子《おこ》……ください、ませ……」

ひくつくその場所を愉しみ続けている彼に涙目で乞うと、色気のある眉間はよりいっそう苦悶に歪んだ。

「今更いらぬと言われても手遅れだ」

半分ほど引き抜かれたところでやっと一旦止まったと思われたそれは、勢い良く行き着くところまでねじ込まれ、限界を超えて奥の壁を押し上げる。

ここへ至るまでで充分感じ弾けていたのに、奥の奥はひと擦りで意識を飛ばしかねない敏感さでルーカを翻弄した。

「ルー、カ……!」

ますます激しく突かれ、冷める間もなくまた高みが見えてくる。楔《くさび》を打ち込まれるたび接続部からとろとろと垂れる快感の証は、両腕を括っている布地が軋む音より、激しくぬ

かるんだ音を響かせる。

「あァあ、元首さ、ま、の、先ほどより、硬く、なって」

「アルトゥーロと呼べと、言っているだろう、っ……ッ」

「あ、ん、ぁあぁあ、中、ぜんぶ擦れて……ッあ、あ、また、わたし……!」

再び押し寄せるぞくぞくとした予感に、抗えず喘ぎながら瞼をきつく閉じると、熱い塊は根元までぴったり埋まった状態で周囲をぐるりと抉った。

「や、あああ、ぁ……っ!!」

がくんと腰が揺れて、二度目の大きな到達に全身がしなやかに痙攣する。内側のものの動きがやみ、アルトゥーロの唇から熱い息が零れたのもそのときだ。

望んだ熱をたっぷりと受け、幸福感に満たされてルーカは糸が切れたように力を失う。

——アルトゥーロさま。

本当は求められたように、その名を呼びたかった。呼んで縋り付いて、あなたが元首でよかったと伝えたかった。

しかし彼は元首、そして先代も次代も元首だ。どなたも欠けずにひとまとめにした状態で愛するべき夫であり、ひとりを区別してはならないと母から言いつかっている。

それに、もしもアルトゥーロを名前も知らない『誰か』とは別物であると認識するなら、他の元首を慕う感情が消えてしまいそうで怖かった。

（だめ……）

呼んではだめ。ルーカは意識の淵で縋るものもなく朦朧としながら思う。

別の男性がこの役職を得ていても、同様に恋していたはずだ。お会いしたのが彼でなくとも、同じ感情を抱いたはずだ。

――だから彼ひとりが特別なわけじゃない。

そう自分に言い聞かせつつもアルトゥーロをただひとり特別に想う衝動を、ルーカは完全に消し去ることができなかった。

4、

初めて結ばれた日、アルトゥーロはルーカを細工師として認め、翌日『海との結婚』の本義として正式に娶ると内々に通達を出した。これにより、晴れて妻となったルーカはそれから毎晩のように元首の寝室へ呼ばれることとなったのだった。

職務を終えた彼が居住空間に戻るまでに元首の寝室へ向かい、身体を拭いて、薄いレースのガウン一枚になり、あとは抱かれるだけにしておく務めがある。

また、元首は細工師の日々の働きに感謝し、全身全霊をかけて彼女を愛さなければならない。三ヶ月のうちに子を授けられるよう、夜ごと睦《むつ》みあわなければならない。

習わしに従い、アルトゥーロは公務の合間を縫って頻繁にルーカを寝台へ沈めた。

「どうすればいいのかはもうわかっているな？」

「んっ……、は……い」

両手首を共布のリボンで拘束され、胸を揉《も》み込まれながらルーカは寝台の上で元首の脚の間に体を屈める。

夫となった彼から、真っ先に教え込まれたのは唇を使って彼の準備を整える方法だった。優しく口づけをし、包み込み、さすって、少しずつ質量を持たせていくのだ。

「……そう、上手だ」

時折、その愛撫の合間に頭を撫でてもらうのは愛されていると実感できて幸せだった。夢中になって頬張っているうちにそれはずっしりと重みを増し、すべてが口内に収まってはくれなくなる。

「ん、む……、ふ」

「無理に根元まで咥えようとしなくていい。舌で側面を残さず舐めろ」

「はい……」

屹立しきった形状を前に繋がる瞬間を想像し、ルーカは恍惚としつつ根本から舌を這わせてそれをきれいに舐め上げる。それから、唯一柔らかさを残す先端の傘をちゅうっと吸った。きっと、ここは奥の壁に優しく当たるために、苦痛なく快感だけを与えるように、周囲とは異質の優しい感触を保つのだと思う。

（今夜も体内を満たしてくださる……）

ひとつになっている間は彼を独占でき、彼に独占されていると思えることが嬉しい。

愉悦《ゆえつ》に浸りながらそれを咥え、段差を舌先で弾くと、体を仰向けに返されて覆い被さられ、お返しとばかりに足の付け根を探られた。

「あ」

「日に日に濡れるのが早くなるな。わたしに注がれるのが、そんなに待ち遠しいか」

意地悪そうな声と共に、存在感のある中指と薬指をいっぺんにゆっくりと内側に含まされる。違和感を覚えつつも、受け入れるのには随分慣れた。

しかし、慣れていくぶんだけ疑問は膨らんでいく。何故、妻と認めてもなお、腕の自由を奪った状態で抱くのだろう。

「あ……ぁ」

下腹部の内側で、二本の指がばらばらに蠢く。小刻みに内壁を擦られて波を起こされるのが、ルーカは特に好きだ。

（素敵……）

愛されていないとは言わない。だが両腕に施された拘束に一線を引かれているようで、完全にひとつになれた気はしない。

抱き締め返したい。なんの隔たりもなく繋がりたい。その上で、この体を好きなだけ弄り倒して、思うままに快感を貪っていただきたい。

「では、今日もおまえの中でじっくり酔わせてもらおうか」

囁かれるなり、指を引き抜いた場所に熱いものがあてがわれる。それは前後して周囲の蜜を先端に纏うと、とろけた内側にゆっくりとのぼってきた。

心まで満たされていくようで、いかに普段、自分が空虚でいるかを思い知る。

「ぁあ、っ……あ、元首さ、ま……もっと奥へきて……奥に、お好きなだけ熱いのを……っ」

「そう焦るな。浅い場所から少しずつ、おまえを味わいたい」

ねだるルーカの縛られた腕を引き寄せ、アルトゥーロはその細い指を一本ずつ口内に収めながら浅い位置で体を静かに揺すっていく。木製の寝台は軋んで硬い音を立てるが、隠し部屋にある小さな寝台に比べたら安定感はずっとあった。

爪の先から指の関節、そして掌までをもぺろりと舐め、味わう舌。細部に至るまで愛されていると実感できて、幸福感でいっぱいになる。

この愛撫なくして、ルーカはもはや昇りつめることができない。

「甘い……美しい手だ。この手にも達するまで導かれてみたいが、おまえは中に……奥に欲しがるからな」

「ん、ッア……あ」

「ああ、それとも、手に出してやるから自ら膣内に塗り込むか？」

たわわな膨らみに蜜を塗り広げ、とろとろにしてから握り込むと、アルトゥーロはそこを存分に揉みしだく。表面だけを撫でられると、ネチネチといやらしい音が上がった。

「やぁっ、ァあ……あ、……」

「この胸はわたしがおまえの体で三番目に気に入っている場所だ」

右手を少し胸から浮かされ、胸の先端だけに当てて動かされ、ルーカは身悶える。

「は……っん、あぁ、だめ、気持ち良……っい、ぃい、です」

ツンと尖った先端が、甘い痺れを膨らみいっぱいに広げていくのがたまらない。

「良いのはここだけではないだろう？」

アルトゥーロは自身を半分ほど引き抜き、ルーカの割れ目を広げると、間にある膨れた粒をとらえ前後に転がした。

「この鋭敏で可愛らしい粒が、わたしの二番目のお気に入りだ。弄って、舐めて、とことんまで感じさせてやりたい」

「ひぁあっ……あ、あ、あ、また私だけ、先に、き……て、きてしまい、ます……！」

今、それを弄られると達してしまう。

敏感なところだけを刺激されながらの出入りに、キュ、キュ、と内壁が脈を打って締まる。腰が浮いて動いてしまっていることは、わかってはいるけれど認めたくはなかった。

「元首さま、元首、さ……ァああ、ッやあっ」

一気にのぼりつめ、ルーカは中ほどまで咥え込んだアルトゥーロの牡の部分を、より深く引きずり込むように内壁を蠕動《ぜんどう》させ到達を迎える。

しかし大きく弾けるのは抵抗して、最小限に留めた。

我を忘れるほどの激しい達しかたをするのは、もっと存分に酔わされてからがいい。奥の壁まで満たされているときがいい。彼と繋がっていることをたっぷり実感してからがいい。

（抱き締め合いたい……）

なんの隔たりもなく抱かれてみたい。立場を忘れて互いにただ、求め合ってみたい。そう考えて、ルーカはかぶりを振る。

これは御子を授けていただくための儀式で、元首が望むなら自分は求めに応じるだけだ。分不相応な願いは抱いたらいけない。しかし願いは彼のものを締め付ける力になって現れてしまう。

アルトゥーロはうねる内壁に自身を包み込まれ眉根を寄せたものの、再び腰を揺らし始め、時折ルーカを思い遣るように様子を見ながら自らものぼりつめていった。

＊＊＊

しかしどれだけ逢瀬に浸っていたくとも、公務は待ってはくれない。アルトゥーロは翌日から一週間の地方周遊の予定があり、ミケーレを筆頭とする視察団の一行を引き連れ元首官邸を出立した。

移動に使われるのは大型のガレー船だ。官邸は本島を南北に走る大運河《カナルグランデ》の入り口に位置し、縦断すれば移動は容易いのだが、今回はそこを通らず、周囲をぐるりと一周するルートを使う。

周遊と言っても単なる観覧の旅ではなく、六つある教区《パロッキア》それぞれの視察が目的だ。各区の議員を激励しつつ、地方の実状を確かめ、今後の政権運営の判断材料にするのだ。

今回は件《くだん》の暴漢に出くわした教区へも訪問の予定があり、公務の裏で探りを入れる算段になっていた。

「収穫はあったか？」

「……いいえ、申し訳ありません。先日とらえたふたりの暴漢ですが、収監した途端に揃って命を落としたそうです」

「ふうん、消されたか」

「でしょうね。しかし今朝、船が出る寸前まで聞き込みに回っていたのですが、裏は摑めませんでした」

ミケーレがそう言って体を折ったのは周遊四日目、本島をちょうど半周し終え、大運河の出口に差し掛かった頃だった。

　ふたりはそれぞれ深紅と青紫色の外套を引きずって舳先へと向かう。船の左右には、甲板のすぐ下の層からそれぞれ二十五本ずつ櫂が突き出ており、さながら昆虫の背にいるようだとアルトゥーロは思う。

「しかし今回はグラデニーゴが関わっている割にやけに首尾がいいな。二年前に議員席を買ったときにはすぐにそうと知れるような手口だったのに」

　疑問を口に出すと、ミケーレから間を置かず返答が寄越された。

「相手が元首だからでしょう。失脚後に己がそこに成り代わろうとするならなおのこと、うまくやらねばと考えているのでは」

「それにしても腑に落ちない。新たなブレーンでも雇い入れたかのようだ」

　先日の賭けの件といい、当初は良く考えたものだと思ったが、こうも立て続けに首尾の良さを見せつけられると怪しく感じずにはいられない。

「……ええ、そうですね」

　補佐官の感情の読めない返答に若干の違和感を覚えつつも、アルトゥーロは舳先の手すりに肘を置き右舷に広がる国土を眺める。

　櫂を漕ぐテンポの良い涼しげな音の向こうに見えるのは、古く白ぼけたレンガ造りの民家に、荘厳な石造りの貴族の館、漆喰で固めた商店、教会のドーム天井——すべてが肩を寄せ合う、密度の濃い街だ。

だからか、ここでは闇も濃い。

いかに交易で賑わおうと外の者には入り込めない領域がある。

「ところでアルトゥーロ様、あの娘ですが」

「娘？　ルーカのことか」

はい、と答えてミケーレは外套の内側に手を突っ込み、腹のあたりから紙の束を取り出す。やけに古びて変色した漉《す》き紙が何十枚も重ねられ、麻紐で十字にくくられている。

「これは？」

「娘から預かりました。お時間に余裕ができた頃、元首様にお渡しくださいと」

訝しみながらも受け取り、紐を解いてみれば、それはすべて手紙だった。差出人はルーカ本人で、宛先は元首だ。日付は十年前に始まり、月に数度のペースで書かれている。

内容は取るに足らない日常の話から、どれだけ自分が元首を慕っているか、そして細工師としての仕事を始めた日のこと、すばらしいビーズが出来上がった報告……語りかけるような文章は、健気な恋心を一生懸命に伝えている。

恋文だ。

「何故、今になってこれをわたしに」

「それはルーカ本人に尋ねてください」

ミケーレは一拍置いてから穏やかに言葉を継ぐ。

「よほどあなたを想っているのでしょう。細工師は元首を慕うように育てられるものですが、彼女は素直なのか、とりわけ強い愛情を抱いているように思います」

否定はできなかった。ルーカの初夜での振る舞いはまるで、男というより崇拝するものを相手にしているようだった。

「読ませてもらおう。次の停泊地に着いたら呼びに来てくれ」

「かしこまりました」

アルトゥーロは手紙が潮風に飛ばされぬよう、外套の内側に仕舞うと、大切に船室へ持って帰り、それらをしばし読み耽った。


――今日は百個のビーズを出荷しました。元首さまが舵をとる国のために、少しは力になれたでしょうか。なんて、慢心してはいけませんね。来週はもっと頑張ります。

――晴れて嫁いだときにはきっと良き妻になります。官邸には女中がいらっしゃるようですが、お手伝いは許されますか？　ダンスは上手ではありませんが、繕い物なら得意です。

――本日やっと十五になって嫁ぐ資格を得られました。けれど、ひとつ年上の友人のお母様が病気になってしまって……どうか今年はあの子が選ばれますように。

そこまで読んで、ああ、彼女らしいと口元が緩む。あの他人優先の精神は元首に対してだけ向けられるものではないらしい。

しかし綴《つづ》られた真っ直ぐな恋心は嬉しくもあり、切なくもあった。

果たして本当にこの手紙は自分へ宛てられたものだろうか。

渡されたからにはアルトゥーロのものにして良いという意味なのだろうが、自分は受け取る資格を持つ人間のうちのひとりであって、個人で所有するのはおこがましい気がする。

そんなふうに考えながら再び手紙に視線を落とすと、

——この手紙がどうか、あなたの手に渡りますように。それはあなたが忙殺されず、少しでも余裕のある時間を過ごせているということ。ご無事を祈ることしかできませんが、朝に晩に、海に祈ってお帰りをお待ちしています。

最後の一枚、これだけは自分に宛てられたものだ、とわかった途端に押し寄せてくるものを感じ、続けざまに二度読み返した。

筆記された文字に指の先で触れてみる。ペン先が引っ掻いた微かな凹凸《おうとつ》を感じ、胸が熱くなってしまう。

出発の前日も一晩中抱いていたのに、いつの間に書いたのだろう。ペンを握る火傷だらけの無骨な手を想像したら、いてもたってもいられなくなった。

急ぎ、返事を書くため引き出しからガラスのインク壺を引っ張り出し、机に向かう。

しかしなにを書いたら良いのか、あれだけの想いにどう応えるのがふさわしいのか、考えれば考えるほど困難に思え、ありきたりなことしか記せなかった。

――きちんと食事をしているか。手仕事に精を出しすぎていないか。もしも子を授かった兆候《ちょうこう》が見られるのならすぐに医者を呼び、大事にするように。それから、朝に晩に海に祈るのなら、どちらか片方はルーカ自身のために祈るように。

書き終えて封蝋《ふうろう》に印を押すと、悪戯《いたずら》っぽく『夫より《マリート》』と書き添えてすぐさま官邸に届けさせる。使者が戻ったのは翌朝、その手には意外にもルーカからのさらなる返信が携えられていた。

おっしゃる通りにいたします、との素直な言葉、そしてそこに添えられていたのは元首の外套と同じ石榴の刺繍を施した小さな布切れだった。

側にいない間も慕い続けているという意味だろう。

そこに込められた愛情がどんなものにも代えられないと感じたら、アルトゥーロは真っ先に鍵付きの机の引き出しを開けていた。損なわぬよう保護しなければ、と考えたのだ。

しかしいざ収めようとすると、惜しくて堪らなくなった。

損なうことを恐れる気持ちよりも強く、片時も手放したくないと思った。

こんな感情を抱いたのは初めてだった。

そうっとそれを外套の胸元に忍ばせて長く息を吐く。その日は一日中、ふと思い出して胸に手をやるたび熱っぽく甘い空気が唇から零れた。

官邸では同じように、ルーカが『夫より《マリート》』と書かれた手紙を抱き締めて切なく吐息していたことは知る由もなく――。

＊＊＊

「ルーカはどこだ?」

出発から一週間後、元首官邸に戻ったアルトゥーロが真っ先に尋ねたのはそれだった。

これまでは外遊から帰還すると、まずは留守中に溜まった雑務を片付けるのが習慣だった。体を休めても、仕事が溜まっていると思うと精神的に休まらないのだ。が、今日はなにを置いてもルーカの顔が見たかった。

顔を見て、ただいまと言いたかった。それが一番休まる気がしたのだ。

「すっかりルーカに夢中のようですねえ。はて、あの子を追い返さずに官邸に留めたのは誰だったかね。エネヴィアの元首様はすばらしく気がきく女中頭を雇っておいでだよ。金一封を取らせねば」

アンナがコルノ帽を恭しく両手で受け取りながら、口元を緩めてにやにや笑ったので、アルトゥーロはばつの悪さに無表情を決め込んで、低く返した。

「……わたしがいない間にその毒舌で何人黙らせた？」

「いやですよ、毒舌だなんて人聞きの悪い。あたしはありのままを口にしたまで。心当たりがあるから毒っぽく聞こえるのさ」

いかにも真理のように述べてくれるが、それは横暴というものだろう——とアルトゥーロは思う。

図星なのは認めるが。

確かに夢中だ。あの娘、ルーカに。

離れている間に、ますます夢中になった。

「で、居場所はどこなんだ」

「はいはい、あの子なら例の隠し部屋ですよ。すっかり人気者になっちまって、女中が群がっているだろうがね」

「人気者?」

「いや、刺繍の腕前が見事すぎるっていうんでね。皆、こぞって手習いを——」

質問の答えを聞き終える前にアルトゥーロは歩き出していた。例の隠し部屋、大評議会の間の奥だ。執務室を出、複雑に折れ曲がった廊下を早足で抜ける。

早く逢いたい。

毎晩気がかりだった。また自分を軽んじていないか、心細い思いをしていないか。たったひとりで島を出てきて、世間を知らぬ彼女が不便を強いられてはいないか。

はやる気持ちを抑え、壁に隠されている扉を押し開くと、テーブルの向こうに砂金石《アヴェントゥリーナ》色の髪のてっぺんだけが見えた。

「ルーカ」

アルトゥーロは通った声ではっきりと呼ぶが、返答はない。

「おい、ルーカ」

振り返ったのは傍らにいた女中だった。ひとりではない。三人だ。仕事中ではないのか。何故ここにいる? 眉をひそめるアルトゥーロを前に慌てて立ち上がった彼女らは、一礼をしてそそくさと部屋を出て行く。その手には刺繍途中の布地が握られている。

ルーカはというと、例のごとく振り返る気配もない。これはもしや繕い物かと、邪魔なテーブルを回り込んでみれば、ルーカはやはり床の上に座り込んで刺繍をしていた。

「ルーカ・カッリエーラ」

呼んで、手に持っていた長方形の木箱をルーカの頭に載せる。手首から肘ほどの長さの、重厚感のある容れ物だ。途端、石膏像のように固まっていた体がびくんと動いた。

「きゃっ」

刺繍途中の布地を胸に抱えて振り向いたルーカの双眸《そうぼう》は驚きに大きく見開かれ、目が合った直後にそこに喜びの色が広がる。

「元首《ドージェ》さま！　お帰りになっていたのですね」

丁寧な礼は、律儀にも手にしていたものを手元の小さな折り畳み机に置いてからだ。

「ああ、たった今戻ったところだ」

「ご公務、お疲れさまでした。ご無事でなによりです」

「もちろん無事だ。おまえからの頭突きも頂戴していないしな」

「そ、その節は大変失礼を……あ、その、お手紙をありがとうございました。あんなふうに気遣っていただけるなんて、夢のようで……毎日読み返しておりました」

尻尾がついていたらぶんぶん振っているだろうと思われる嬉々とした様子に、アルトゥーロは思わず笑いを漏らす。どうしてこんなに可愛らしいのだろう。

「こちらこそ、受け取った手紙はすべて目を通させてもらった。おまえは本当に邪念がないというか、一直線というか、元首のためならなんでもしようとする女なのだな」

「なんでも……できているでしょうか」

「真面目に悩むな。できなくていい。そんなことは望んでいない」

呆れ顔で笑ったアルトゥーロは、つい先ほどルーカの頭に載せた木箱を、そっと少女の胸の前に差し出す。

「これは？」

「土産だ。こんなものしか手に入らなくて悪い」

不思議そうに受け取られ、恐る恐る開かれたその箱の内側に現れたのは大粒のユアーノビーズのネックレスだった。希少な、赤色のビーズだ。

「素敵……私に、ですか」

「ああ。先日、台無しにしてしまったからな、詫びだ。細工師にビーズを贈るというのも妙だし、おまえの作ったビーズのほうが何倍も良い出来だったが」

しかも公務の合間にじっくり吟味している暇はなく、飛び込んだ商店で、最も上等なものを、と言って売ってもらうので精一杯だった。なんともお粗末な話だ。

だが、とんでもない、とルーカは感激した様子でアルトゥーロを潤んだ瞳で見上げると、木箱を開いたまま、ぎゅっと胸に抱く。

「嬉しいです。とても、とても嬉しいです。元首さまにはこれまで沢山の品物をいただきましたが、こんなに嬉しいのは、初めて……」

　大切そうに木箱を包む、火傷だらけの手にアルトゥーロの視線は引き寄せられる。各区を回った一週間、同様に傷を負った民を何人も見かけた。使い込んだ跡のある四肢を見てきた。だが、これほど美しく、魅力を感じる手には出会えなかった。

　そう思うのは、この手が傷を怖れずアルトゥーロのために差し出されたものだからだろうか。損ねたものを繕う能力を持つからだろうか。……いや、それだけではない。

　本人が誇らしいと言い切れるものだからだ。

「何度も言うようだが、これまでの贈り物は先代からだ。わたしがルーカに物を与えるのはこれが初めてになる」

「まあ。きっと、そのせいですね」

　何故だかルーカは切なげに眉をハの字にして笑う。泣き出しそうな表情にどきりとしたものの、彼女がネックレスを自らの首にかけようとしたので、うなじで金具を留めるのを手伝ってやった。

「どうですか？」

　振り返ってはにかんだ頬を思わずちょんとついばむと、いっそこのまま抱いてしまおうかと邪《よこしま》な考えがよぎる。

「きれいだ。よく似合っている」

　しかしルーカが纏っているのは古めかしい淡いグリーンのワンピースで、先代の元首が贈ったものだ。年季が入っている上に胸元が少々窮屈そうで、ビーズの輝きがやけに浮いてしまう。

「そういえば初夜の記念のドレスをまだ与えていなかったな。元首の間の奥に花嫁用の衣装部屋があるから、好みのものを選べ。すぐにサイズを直させる」

うっかりしていた。出発前にアンナに一言頼んでおけば、今頃は縫い上がっていただろうに。ルーカの背に手をやって衣装部屋へ導こうとするも、彼女はやや暗い顔で後ずさる。

「いいえ！　ドレスはいりません。私には、このネックレスだけで充分です。これ以上嬉しい気持ちになるのは、私、怖くて」

「怖い？　何故だ」

「そ、れは……」

弱り切って視線を彷徨わせるさまに、もしかしたら遠慮しているのかもしれないと思う。

「花嫁へ初夜の記念にエネヴィア伝統のドレスを贈るのは慣習だぞ。どうせ、おまえが受け取らなくとも、別の花嫁が受け取ることになる品々だ」

気遣って言うと、少女の瞳は傷ついたように歪んだ。

「別の、花嫁……」

「ああ、そうだ」

と、言っても次の花嫁を娶る日のことなどアルトゥーロは考えたくはなかったのだが。

今はまだ、目の前の少女だけに心を注いでいたかった。

しかし現実はそれほど甘くはない。

最初こそ花嫁はひとりも娶らぬと宣言したが、実際ユアーノ島の人口は近年減少傾向にある。しっかりと孕ませ、増やしていかなければビーズの輸出量は確実に減る。

海の上の人工島であるエネヴィアには、豊潤《ほうじゅん》な土地も穀物を育てる適性もない。ビーズでの外貨獲得が叶わなければ、やがて共和国全体の衰退へと繋がる。

（だが、わたしは……）

困り顔のルーカをアルトゥーロは見つめる。

これほど強く惹かれ、夜ごと抱きたいと感じる花嫁に、この先出会えるとは思えない。

「出来合いのものでは不満か？　一から仕立てるには明日までは時間が足りないだろうが、多少のアレンジはさせるぞ。なにしろ明日は夜会がある。飾り立てるのも礼儀のひとつだ」

「夜会、でございますか」

「ああ。例のグラデニーゴもやってくる」

夜会――元老院議員を招いての、定期的な食事会は地方周遊と同様に代々続く伝統だ。特別な食事も振る舞われるし、ユアーノにはないであろう最新の仮面劇も上演されるため、ルーカも出席させてやりたいとアルトゥーロは考えていた。

「よし、仕立屋に流行りの型のものも持ってこさせよう。気に入るまでどれだけ試着しても、何着選んでもかまわない。それでどうだ」

若い娘となると、やはり伝統の型より流行の型のほうを好むのだろう。そう思い肩を摑んで移動を促そうとすると、ルーカは少々の間のあと顔を上げて、取り繕うように笑顔を作った。

「……いいえ、申し訳ございません、勝手を申しました。特別なお心遣いは不要です。他の花嫁と同じ扱いにしてください」

突然の態度の変化に違和感を覚えるも、アルトゥーロはほっとして胸を撫で下ろす。初夜のドレスを与えるのは、睦み合う儀式が成った証拠であり記念だ。これで正式に夫婦として成立したことになる。

「そうか」

「はい、特別でないほうが良いのです。私が愚かな誤解をしてしまわないためにも」

ボソボソと口内に籠るような台詞は、語尾へ行くに従って拡散するようにして消えてしまう。ネックレスの木箱を卓に置くぎこちない仕草を、アルトゥーロは不審に思いつつも扉に手をかけた。

「すぐに仕立屋を呼ぼう。いくら腕がいいとはいえ、ドレスまでおまえに縫わせるわけにはいかないからな」

本当はこのまま寝室へと連れ去ってめちゃくちゃに可愛がってしまいたい。だが、ひとまずは採寸が済んでからだ。

＊＊＊

ルーカが初夜の記念にと選んだドレスは白の繻子織りに金糸の刺繍が施された、元首のローブに近いデザインの一品だった。袖口には金色のリボンがついており、先刻いただいた赤いビーズにも合いそうだとルーカは思う。

急を要するため、仕立て役として白羽の矢が立ったのは国内で最も腕の良い被服工房の親方だった。髭をたくわえた痩身の彼には、官邸に到着するなり三階にある議員用の会議室のひとつが作業部屋として当てがわれた。採寸のために使われることになったのはそのすぐ隣りの続きの部屋で、準備が整ったので来て欲しい、とアンナが呼びにやってきたのは昼過ぎのことだった。

「案内するよ。まだこの迷路みたいな官邸にゃ慣れないだろ」

「ありがとうございます」

元首のプライベートルームで支度が調うのを待っていたルーカは、黒いワンピース姿の大柄な女中の後について廊下へ出る。生活のための区域と政治に使われる公共の区域はやはり遠く隔たりがあり、入り組んだ廊下のそれぞれの分岐がどこに繋がっているのかは、二週間の滞在を経ても把握しきれていなかった。

「アンナ！」

呼び止められたのは、大評議会の間の扉の前を通りかかったときだった。振り返れば、元老院議員の証である黒の外套をひるがえして、長身で筋張った中年の男が小走りでやってくるのが見えた。

「テオダード！」

姿を認めるなりそう呼んだアンナは、ハッとした様子で間をおかずに言い直す。

「いや、今はアニェッロ・ダンドロ伯爵、だったね。元気だったかい」

貴族が土地を支配しないエネヴィア共和国において、爵名はそのまま家名となる。縁組みなどで替わるファミリーネームならまだしも、ファーストネームまで呼び間違えたことにルーカは違和感を覚えたが、ひとまずは膝を小さく折って挨拶する。

親しみのある笑顔で歩み寄ってきた男は、羽飾りのついた黒い帽子をとってルーカに一礼すると、アンナと抱き合って再会を喜ぶ。

「久しぶりだなあ。僕はもう新しい生活に慣れたけど、君はずっと変わらないね」

「ああ。あたしはずっとこのまま、環境の変化は望まないさ」

「アルトゥーロ様の様子はどうだい？」

「実家へ帰って以降変わっちまったね。すっかり保身に走っちまって……潔癖さが彼自身に向いちまってさ。でも、ミケーレ様には策があるようだから、心配はないよ」

黙って傍らで会話を聞いているルーカに、アンナは丁寧にも微笑んで教えてくれる。

「アルトゥーロ様を熱狂的に支持して政権を握らせたのはあたしたち一般市民のようなものだから、みんな、アルトゥーロ様の政権運営に興味があるのさ」

うんうん、と男も頷いてそれに同意した。ユアーノ島では政治は元首が行う神聖なもので、決して自分達は関われないと教わっていたので意外な言葉だった。

「元首さまは市民の皆様に支えられているのですね」

「そう。だからこそ、あたしたちはあの方の潔癖さが保身のためじゃなく、改革に向いてくれることを切に願ってるよ。皆が支持したのは、そこだからね」

そこ――この言葉が意味するところをルーカが知るのはもう少し先のことだ。

雑談は続き、伯爵は妻や娘、息子の状況や暮らしぶりを報告すると、名残惜しそうに階下へと去っていった。急いで移動を再開したのは数分後だ。

仕立屋にあてがわれた部屋まで行くと、ルーカはふたりの女中に連れられて狭い続き部屋へ入り、下着姿になって体の寸法を測ってもらう。コルセットに押し上げられた豊かすぎるバストには、女中たちから感嘆の声が漏れたが、もっと大きくしたいと元首に言われた身としては苦笑するしかなかった。

しばらくして、丈を測り終えて女中のひとりがそれを隣の仕立屋に告げに行ったところで部屋の扉が開いた。姿を現したのはアルトゥーロだ。外套も内衣も羽織っておらず、上半身には白い前止めの薄い衣だけという軽装だった。

「元首さま」

ルーカは慌てて仕切り板の裏に隠れ、そこで頭を下げる。

「こ、このような格好で失礼いたしました。すぐに着替えますので」

命じられてもいないのに下着姿になるのは娼婦の仕事、いくらこれが外国製の最高級のコルセットとペチコートといっても、お見せするのははしたない。脱いで椅子にかけてあったワンピースを手に取り、細身の女中に身につけさせてもらおうとする。

しかしアルトゥーロは女中を呼び、そのまま下がらせてしまった。扉が閉まる音が響き、直後にカチリという金属音、そして大理石の床を弾く足音が近づいてくる。躊躇なく仕切り板を回り込んできた彼に捕まってしまうまで時間はかからなかった。

「そのままでいい。どうせすぐに脱がせる」

ルーカの腰を摑み、引き寄せて、アルトゥーロはコルセットで覆いきれていない細いうなじに囁く。唇は直後にそこに落ち、肩への曲線を誘うようになぞった。

「……あ、あの、元首さま、隣には仕立屋さんがいらっしゃるので」

ルーカは青ざめてアルトゥーロの胸を押したが、びくともしない。それどころかさらに火が点いた様子で、背中を両腕でしっかりと抱かれる。

「鍵はかけた。あとはおまえが声を上げなければ済む話だ」

聞く耳はないようだ。背中に回された右手が強引にコルセットの紐を解き、それを緩める。圧迫感から解放されふっと息を吸い込んだ唇は、斜めに塞がれて奪われた。

「ん……っい、いけません。私、声を上げずにいられる自信なんて」

ない。いつも、気づけば思い切り喘いでいるのだ。

「なるほど、わたしの行為は喘がずにいられないほど感じるか。好ましいことだ」

俯いて唇に距離を設けたが、体を床から浮かせるように抱き上げられ、再びついばまれてしまう。逃げる隙はまるでない。

「離れている間、早くおまえに触れたくてたまらなかった」

「っ……や、だめ……」

「駄目と言われても待てない」

コルセットとペチコート、ドロワーズを次々と外され、それらが床の上にぞんざいに散らばると、ルーカは引き出しつきの小箪笥《コモド》へと抱え上げられた。壁に沿って置かれた小箪笥はちょうどアルトゥーロの腰のあたりに大理石の天板があり、ルーカはお尻に当たる氷のような冷たさに身震いをする。

「つ、めたい、です……」

「おまえは本当に可愛い。震えるのは、わたしの行為に対してだけであって欲しいが」

彼の両手がふたつの胸の膨らみを掴み、揉み込む。下から交互に持ち上げられて柔らかく形を変えるその先端に、アルトゥーロの舌が絡み、艶をうつしながら蠢く。なまめかしい光景だ。

「相変わらずはちきれそうな胸だ。先端を吸って、空気を抜くように圧力を逃がしてやれたらコルセットも楽になるだろうに」

「……ぅ、ふ……っ、も、もっと、大きいのがお好み、なのでは」

「小さくするなど不可能だからこそ言うのだ」

腰が痺れに襲われ、壁に背をもたれようとしたが、肩が当たった途端、ゴツリと音が上がってルーカは身を竦めた。このままでは何をしているのか、仕立屋に気づかれてしまう。慌てて体を前屈みにすると、立派な大きさの胸により強くアルトゥーロの指が食い込み、激しく揉まれる羽目になった。

「ルーカ、手を出せ」

「し、縛るのですか……今日も……?」

「おまえを信用していないわけではない。だが、わたしはこの手を縛っておきたい。縛るという行為は、おまえの手をわたしの手に置き換えるということ。おまえは最初にそう……言っただろう」

元首の目に一瞬強硬な表情が見てとれて、ルーカは大人しく要求に従い、両手を祈るように組み合わせると手首をカーテンタッセルで結ばせる。

「ああ、安心する……」

そう言って満足そうに拘束した手を眺めたあと、アルトゥーロはルーカの白い太ももを開き、体を屈めて秘所に唇を寄せた。浅い茂みに押し当てられた唇から、差し出された舌が粒を掠める。

「ぁ……っん」

ぴちゃりと音を立てて花弁に浅く出入りする生暖かい感触。その微かな快感がもどかしく、ルーカは足の間の彼の頭に腕の結び目を引っかけ、無意識のうちに引き寄せてしまう。もっと、もっと深くまで探って欲しい。

無言の催促に気づいたのか、唇は花弁を押し開き、間の粒をいきなり吸ってしごいた。

「ヤぁあ、っ」

「しいっ」

太ももを抱えていた手が伸びてきて、喘ぐ口元を強引に押さえる。咄嗟のことで力の加減ができなかったのか、ルーカの後頭部はゴツリと壁に当たり、小箪笥も足踏みをするように賑やかに揺れた。

思わず目を見合わせたふたりは少々笑い合い、唇を軽く重ねて、また噴き出す。

「このまま揺らすと、小箪笥《コモド》が壁と喧嘩して騒がしくなるな」

「はい」

「だが、移動する間におまえの熱が冷めては勿体《もったい》ない」

アルトゥーロは厄介そうに息を吐き、考えあぐねている様子もあったが、すぐに気を取り直して自らの脚衣を前だけはだけさせ、ルーカの蜜源に己をあてがった。硬く張り詰めたそれの、柔らかい先端部分だけを花弁が左右からくわえ込んできゅんとする。

このまま繋がる気なのだろうか。怖々と、しかし芯の疼きに逆らえずじっとしていると、筋肉質な二本の腕がルーカの腰を抱き寄せた。

「わたしの首に腕を引っかけろ」

「あ！」

言われた通りにした途端、体が宙に浮いた。浮遊感と同時に蜜源を中ほどまで貫かれ、浅い快感に背が震える。立ったまま挿れるなんて、と驚くも、埋めきれていない奥の内壁が物足りなさにひくついてしまう。

「そうだ、しっかりしがみついていろ。揺らすぞ」

アルトゥーロはルーカの腰を両腕できつく抱き、ぐっと引き寄せて根本まで自身をねじ込むと、立ったまま体を揺らした。

「ヤ、ぁ、怖……っいや、不安定で、怖い」

「怖がっている割に、初めて抱いた夜よりずっと締まりがいい。これは恐怖ゆえか、それともおまえも、わたしと離れている間、待ちきれないと思っていたか？」

「そ、れは……もちろん、ずっと、欲しいと思って……っ」

出入りしている場所というより、その周囲が濡れて重なって、貼り付いては剝がれて、パチュパチュと露骨な音を上げる。

「ふぁ、っん、ド、元首《ドージェ》さまも……？」

「だからこうして、夜まで待てずに抱いているのだろう」

貪るようにルーカを揺さぶりながら言うアルトゥーロが愛しくてたまらなくなる。離れていた間だけではない。初めて抱かれた夜からずっと、この腕を毎分毎秒恋しいと思っていた。彼に与えられる陶酔感は、いつだって欲しくてたまらないものだ。

「元首さま、私、わたし……お詫びせねば、なりません……っ」

ヒップを摑み、揉まれながら抜き差しされ、ルーカは快感に押し流されそうになりつつも訴える。

厚い胸板に押しつぶされているふたつの膨らみは、散々弄り回された後だからか、圧迫されるだけで奥がじんと感じる。

「詫び？」

「あ、っふ……お出かけになるまえに、くださった、ものを」

「あの晩、なにか贈った覚えはないが」

「……っ、なかに……今、元首さまがお挿《はい》りになっているところに、くださった……」

息が上がって朦朧としてくる。窓の外を海鳥が通ったが、反応している余裕もなかった。

「しろい、の……を」

ああ、とアルトゥーロは言い、口角を上げる。額にうっすらと汗が滲んでいるが、息が切れている様子はない。余程体力があるのだろう。

「それがどうした」

「つ、次の日に、零してしまって……溢れてしまって。止めようとしたのに止められなくて、私……申し訳、ございませ……っ」

ルーカは初夜の翌日より、あっけなく体内から排出されるそれにショックを受けていたのだった。島で詳細を教わったわけではないが、戻ってきてしまったそれは子種であると察せられ、毎回、しっかり内側に留めておきたいと思うのに、少しでも動けば溢れてしまう。そのたび、ひどくやるせなかった。

せっかく注いでくださったものを無駄にし続けている罪悪感に耐えかねて、ついに詫びたのだ。

「おまえはあれだけの縫い物の技術を持っているのに、こういった知識には疎いのだな」

「今度は、零さないようにいたしますから、だからまた、そこに」

「いい。いくらでも零せ。必要ないから戻ってくるのだ。そのぶんもまた、注いでやる」

アルトゥーロはたまらないと言いたげに眉をひそめ、ルーカの背を壁に押しつける。客室の壁には例の如く天国《パラディーゾ》の壁画が描かれていたが、強引な出し挿れをする元首はそれを駄目にするのも厭わない様子だ。

「あ、あ……ぞくぞく、します……一番奥の壁が、押されて……」

接続部から溢れる蜜は周囲に広がって、割れ目の中の粒を浸している。それをアルトゥーロの下腹部に潰され、捏ねるように擦り上げられ、ルーカはあまりの心地良さに必死で元首のたくましい体にしがみついていつまでもこうしていたいと願う。

「……欲しいか、ルーカ。ここに」

「はい……はいっ……でも、もっとたくさん、突いてから……っ」

懇願した唇にキスを与えられ、内側の動きをいっそう速くがむしゃらにされる。望み通りに奥を突かれ続け、元首の腰に絡ませた脚が愉悦のあまり震えた。

快楽も、彼の熱も、両方が欲しくてたまらない。

「いいか、溢れたら次が欲しいとねだれ。それでいい」

「ん、っはい……、ぁ、ヤ、き、てます……っ」

ビクンっと腰が跳ね、内壁が熱く滾《たぎ》った元首の一部を強く圧迫し、小刻みに絞り始める。

快感に揺れるその細い腰を押さえつけ、アルトゥーロは目を伏せて動きを止めると、溜め込んでいた熱をそこに解放した。

「あ……」

「わたしに汚されるおまえは美しい。何度吐き出しても足りない」

零しても良いと言われてもやはり惜しくて、ルーカは内壁にキュッと力を込めると、与えられたものが少しでも長く留まっていてくれるようにと心の中で祈った。

＊＊＊

ドレスのサイズ直しが終わったのは翌夕のことだ。夜会の開始まであと三十分と迫ったときだった。

ルーカは大急ぎでアンナに着替えと化粧を施してもらい、髪を一本に纏めて真珠の束と共に緩く結うと、キルト加工のヘッドドレスをつけてミケーレと共に五分前に夜会の会場へ入った。

「どうしました？　食事はお口に合いませんか」

フォークとナイフをかまえた格好で止まっていたところ、隣の席のミケーレにそう尋ねられてルーカは焦ってかぶりを振る。

「いいえ。とても美味しいです」

口に入れた瞬間は美味しいと思う。だが、本当は緊張のあまり味わう余裕なんてなかった。

夜会の席は官邸の四階の大広間に設けられ、連なったテーブルにはずらりと向かい合わせで元老院議員が着席している。配偶者を含めると、百人はゆうに超す。大評議会の間に次いで二番目に広い広間は今、品良く着飾った人々に埋め尽くされていた。

これだけ大勢の男性を目の前にするのは立ち飲み屋《バーカロ》以来二度目だが、あのときのほうが過ごしやすかったとルーカは思う。

袖口からフリルが覗く高級そうなビロードの上着を身につけた彼らは、雑談をしつつもツンと澄まし顔で食事をとっている。友好的とはとても言えない。

そのうえアルトゥーロは離れた席にいて、派閥の議員達に囲まれており、ほとんど姿も見えないのだ。いくらミケーレが隣りにいてくれているとはいえ、心細くてたまらない。

「お淋しいですか。アルトゥーロ様の側へ行きますか？」

右から声をひそめて誘ってくれたミケーレに、強がって大丈夫ですと微笑み、ほろほろ鳥のソテーを口に含む。美味しい、気がする。しかしルーカの視線はまだアルトゥーロを中心とした人垣に向けられていた。

元首がやってきたのはすべての席が埋まった後だった。正装である深紅の外套とコルノ帽という出で立ちで、その堂々たる風格にはざわついていた会場内が一瞬にして水を打ったように静まり返り、注目しない人間はいなかった。

「……元首さまの居場所は一目でわかりますね」

立ち飲み屋でも、夜会でも。

周囲に人の輪ができる。目を輝かせた人達が彼を引き立てる。夫婦なのに、同じ場所にいるのに、別世界へ行ってしまったみたいだ。

吐息しながらワイングラスを手に取ると、ミケーレが上品な仕草で口元にナプキンを当てながらにこりと笑った。今日の彼は金糸の刺繍が施された青の上着を身につけており、金色の髪と合っていていつも以上に華やかだ。

「そうですね。あの方は昔から鋭いものを内に秘め、周囲が畏れを抱き自然と跪《ひざまず》く存在だったようですから」

「昔から？　おふたりは長いお付き合いなのですか？」

「いえ、それほどでも。私は七年前、アルトゥーロ様が下街へ出たばかりの頃に知り合いました。怪我を負っていたあの方を自宅で保護したのがきっかけです」

「元首さまがお怪我を」

「ええ。なのに剣を振り回すので、本来なら二ヶ月で塞がるはずの傷が治癒に半年を要しまして」

何故そんな、と尋ねたが答えは貰えなかった。

「アルトゥーロ様のことは私ももちろん尊敬しております。彼はご自分が評議会議員になられる際、身寄りのなかった私を名のある貴族の養子にと推薦し、共に議員にしてくださった方なのです」

「え……」

身寄りがなかった、ということは孤児でいらしたのかもしれない。悪いことを聞いてしまった、と焦るルーカにミケーレはやはり穏やかな視線をくれる。

「そんなに気まずそうな顔をしないでください。頼れる血族はいませんでしたが、私はここで父とときどき面会していましたし、母は遠くで今も健在とわかっています。天涯孤独というわけではありませんでしたから」

「そう、ですか」

「しかも私は今、父の遺志を継いで仕事をしています。才能に恵まれたアルトゥーロ様に下街で出会え、補佐官にまで出世できて大変好運な人生だと思うのです」

なにか複雑な事情でもあるのだろう。ルーカは良かった、とも大変でしたね、とも簡単には言えない気がする。その心情を察してか、ミケーレはワイングラスを置きながら会話をアルトゥーロの話に戻した。

「下街にいらした頃の……特に傷口が治癒するまでのアルトゥーロ様には、理想の国の姿や、そのために排除すべきものの姿がはっきりと見えていました。それを実践する力もあった。民衆が支持しないわけがありません」

「わかる気がします」

同じような台詞をアンナから聞いたときは想像がつかないと思ったが、今なら納得できる。下街で実際にその光景を目の当たりにした今なら——このときのルーカはそう思っていた。

するとと突如として元首の周囲の人の輪が崩れて、ざわめきの声が上がった。異変を察知したミケーレは瞬発的に席を立ち、元首の安全を確認する。

「アルトゥーロ様！」

焦った声につられてルーカも立ち上がると、テーブルを横に隔てた席の向こうに見えたのは深紅の衣を赤ワインでべったりと濡らした彼の姿だった。

「ああ、申し訳ありません元首さま——」

ざわつく貴族たちの視線の先では、口ひげを生やした白銀の巻き髪の男が大袈裟な仕草で詫びている。

「うっかりしてお召し物を汚してしまいました。ぜひお召し替えをなさってください。その間、わたしが会話を繋いでおきますから」

カルロ、と憎々しげにミケーレが呟いたのを聞き、ルーカは口ひげの男がカルロ・グラデニーゴだと知る。すぐ後ろにつき従っている二人の男は取り巻きだろうか。

わずか二年前にエネヴィアへ渡り、賄賂でその地位を得たと噂される元老院議員の男は銀髪に垂れた目尻、細身の体で想像よりもずっと優男だ。口元に浮かべた笑みがいやらしく、狡猾《こうかつ》さを滲ませているようで生理的に受け付けないとルーカは思う。

あの人が元首さまでなくて良かった。そう考えるのはいけないこと……なのだろう、やはり。わかっているのに眉間にはシワが寄ってしまう。

「アルトゥーロ様、こちらへ」

人垣をわけて、ミケーレが元首のもとへ向かう。一瞬、カルロを睨みつけたように見えたが気のせいではないはずだ。

すると、アルトゥーロは席を立ったかと思うと、傍らへやってきたミケーレの腕を引いて自分の席に座らせ、高らかに宣言した。

「では諸君、しばし失礼する。だがわたしの代役としてミケーレを置いていこう。わたしに通したい話があれば、これに話せ。後ほど必ず伝えてもらう」

それは元首に取って代わって輪の中心へ行こうとしていたカルロの企みを砕くには、充分すぎる一言だった。

衛兵を引き連れてホールを出て行く元首を、ルーカは一旦見送ったものの、姿が見えなくなった途端に心細さが込み上げてきて落ち着かなくなる。やはり追いかけていこうか。ミケーレまで隣りからいなくなっては、孤立してしまったも同然だ。

逡巡していると、衛兵のひとりが駆け寄ってきてテーブルの陰で密かに紙切れを寄越した。掌に収まる大きさの漉き紙だった。

「アルトゥーロ様からです」

元首さまから……？　訝しみながら二つ折りにされたそれを広げた途端、ルーカは驚きに目を見開く。

『案ずるな。すぐに戻るから淋しがらず夜会を楽しむといい』

綴られていたのはアルトゥーロの字に違いなかった。出て行ってすぐにしたため、衛兵に持たせたのだろう。

(私のために……こんなお心遣いを)

乾ききれていないインクに彼の優しさを察したら、たまらなくなってルーカは席を立った。小走りで廊下へ出、足早に階段を下って、向かうは元首のもと以外になかった。

「元首《ドージェ》さま」

守衛に許しを得て執務室の扉をノックすると、アルトゥーロはワイン《オンブラ》で汚れた深紅の外套を脱ぎながらの格好で、意外そうに目を丸くして迎えてくれた。

「どうした、食事の途中だろう。手紙は届かなかったのか？」

「はい、ですが……お逢いしたくて」

「おかしなことを言う。ずっと逢っていただろう。まさか服の上からワイン《オンブラ》を一杯被ったくらいで、このわたしが酔い潰れて動けなくなるとでも思ったのか」

くくっと喉の奥で笑う声は愉快そうにも、呆れているようにも聞こえる。

そんなふうには思ってはいない。ただ、手紙を読んだ途端にいてもたってもいられなくなったのだ。この感情は理屈では説明がつかない。

困り顔で俯くルーカを見て、アルトゥーロは深紅の内衣《ソッターナ》の裾を引きずりつつ歩み寄ってくる。

「ほう。案ずるなと言われてもわたしの身を案じたか。おかしな話だな。わたしを失っても、おまえは『元首』を失うわけではない。そんなに不安がる必要はないだろう？」

試すように核心をつかれて、動揺しないわけがなかった。彼は気づいているのだろうか。ルーカの中ではまさにそれが、気持ちに迷いを生じさせる要因となっていること――いや、違う、迷ってなどいない。認めるわけにはいかない。

「わ、私達は元首さまに、ユアーノ島で安全に暮らせるよう、見守っていただいているご恩がありますから、心配するのは当然のことです」

「『私達』、か。肝心なところでは必ず複数形を使うのだな」

言って、元首は自嘲的な笑みを浮かべてルーカの腰に腕を回すと額へ唇を押しつけてくる。自然と面を持ち上げる格好になり、次の瞬間、鼻先をくすぐるように合わせられる。

「ルーカ、そろそろわたしの名を呼んでくれてもいいだろう」

どくん、と心臓が重い音を立てて跳ねた。

「……元首さま」

「違う」

わかっている。けれど呼べない。

ルーカにとって彼は元首の立場にいる『誰か』であらねばならず、彼にとって自分は花嫁の立場にいる『誰か』でなければならない。

「わたしの名が嫌いか？」

「いえ」

「わたしが元首では不満か？」

「いえ、まさか……」

かぶりを振って、ルーカは視線を落とす。本心では、掟を破ってでも望まれたようにその名を呼んで、たくましい胸に縋りたかった。

しかし後悔することは目に見えている。もしも呼んでしまったら、どうにか胸に留めている感情が溢れてしまう。

何故なら、彼からの贈り物はこれまで島で受け取ったどんなものよりも嬉しい。同じものを他の誰から貰っても、同じだけの喜びは得られないと思う。だから怖い。

ユアーノ島には他にも年頃の細工師がいる。自分以外の誰が訪れていても、彼はこうしてその娘を愛したはずだ。

自分だけが特別な存在ではない。

頭では理解している。それでも心は揺れてしまう。

「……戻らなければ。ミケーレさまがきっと待っていらっしゃいます」

名残惜しい気持ちを押し殺し、ルーカはアルトゥーロの胸を押し体を離す。

現実を忘れたらいけない。自分が為すべきは元首との間に子をもうけ、島に連れ帰り技術を継がせることだ。その使命あればこそ、こうして彼とも出会えた。

側にいられる時間は永遠ではない。

自分を納得させるように背中を向けると、今度は後ろから摑まえられてしまい、ルーカは短く声を上げた。

「あ」

「別の男の名を呼びながらわたしを急かすとはいい度胸だ」

不満そうな囁きのあと、耳殻を口に含みながらドレスの背中のリボンをほどかれる。

「……っ、元首さま、夜会がまだ途中です」

「おまえがわたしの名を呼ぶのなら、すぐに戻してやる」

「ず……狡《ずる》いことをおっしゃらないでください」

「おまえこそ。わたしを慕うように追いかけてきて、気を持たせておきながらそうやって肝心なところではうまくかわそうとする。本当に狡いのはどちらか、考えてみるといい」

身をよじって逃れようとしたが、力強い男の腕の前には悔しくも屈するしかなかった。

「気をもたせるだなんて……私達は本当に元首さまをお慕いしています」

「また複数形だ。慕うと言ったって何百人もの歴代の元首のひとりとして、だろう。わたしが欲しいのはそんな個のない愛情ではない」

衣は次々と床に落ち、つぎはぎのように大理石の床に散る。みるみるうちに覆い隠すものを失った体は、担ぎ上げられて元首の政務用机の上へと運ばれる。

机は文を綴りやすいように天板が斜めについており、ただ載っているだけでは滑り落ちてしまう。ルーカは天板の上の辺に後ろ手で摑まり、下の辺に設けられた紙を載せるための出っ張りの縁に踵を引っかけて、危うい体勢で自分を保たねばならなかった。

「脚を開け」

「ですが」

「開けと言っている」

やや冷たい声色で催促され恐る恐る脚を開くと、さらに不安定になって、お尻の位置がわずかにずり下がった。側に灯る蝋燭の炎が、ルーカの動きに合わせてゆらと揺れる。

「今日は拘束せずとも、すでにその手の自由は奪われているようだな。良く見ていろ。おまえの知らないおまえの体を教えてやる」

あらわになった花弁をかき分け、アルトゥーロは愉快そうに舌の上に小さな雌蕊《しずい》をすくいあげて載せる。そしてルーカを見上げ、目を合わせてそれを吸い、頬張った。

「やぁ……っあ、あ」

水音がチュク、チュクっ、と脚の間から聞こえる。様子を見るような吸い方だ。翻弄されてしまいたいのに、不安定さに心配が伴い太ももに妙な力が入る。なにしろ、踵が机の縁から外れれば落下は免れないのだ。

「ほら、少し勃ち上がってきただろう」

しばしそうして吸われたあと、示されて見てみれば、小さかったはずの粒状の器官は水分でも注入されたかのように根元から膨れ始めていた。中央の粒は奥からより鮮やかな桃色の部分を覗かせていて、未知の形状にルーカは目をみはる。

「あ……っ」

「ガラスの赤色を出すのは難しいと聞いたが、ここの赤は毎回わたしの誘いに応じて素直に鮮やかな色を見せてくれる」

再び唇を内側の花弁に当てられ、粒を数度吸引しては形状を確かめるために離された。

愛撫と観察を繰り返し、粒は見るたびに膨れて起ち上がっていく。その経過を愉しみ微笑むアルトゥーロの唇には、徐々に蜜が絡む。

「ふ、ぁあ、あ」

「濡れて、艶が増すとさらに美しい。昨日、与えてやったものはまだこの奥にあるか？」

次にアルトゥーロが頭をゆっくりと持ち上げると、形の良い唇からルーカの割れ目まで光る細い糸が引き、恥ずかしくも一瞬、その艶に見惚れてしまった。

上の階では夜会の真っ最中だというのに、なにをやっているのだろう。頭の隅で冷静な自分がそう囁くが、もう、逃れられそうにない。

「……零れて、しまいました……」

「欲しいか？」

「っ……はい」

欲しいに決まっている。

頷けば、糸を引いたままの唇が花弁の下部に押し当てられた。中央の筋を下から上になぞられると、膨れた粒は一旦彼の下唇に引っかかったものの、ぬめりのせいでぷるりと逃げた。

「悪い子だ。大人しくわたしの口の中に収まろうとしないとは」

戒めるようにそこをきつく啜ったアルトゥーロは、口内で舌先を使い粒をしつこく潰してくる。かぶりを振って、ルーカは天板に摑まる指に力を込める。

「あ……あ、あっ、いや、それは、い……やぁ」

悪い子、もなにも、粒の動きまで制御はできない。なのに刺激は罰のように容赦なく与えられる。

しばらくそうして嬲られたあと、彼の手が左右の花弁から離れたが、それは最初のようにぴったりとは閉じなかった。間の粒が膨らんで先端が小さく頭を覗かせ、左右の花弁を押し広げていたからだ。

触れると大きくなる、彼のものみたいだ。

「すっかり姿を隠してはいられなくなったな」

アルトゥーロは指をゆっくりとルーカの体内に呑み込ませながら、はみ出た粒の一端に掌を押し当てる。

「んあっ」

「今、わたしが膝の上におまえを抱えてここに挿入《はい》れば、こうなる」

悪くないだろう？　と毒を含んだ声で問いかけられ、指を出し入れしながら粒を上下に擦られたら、こらえてなどいられるわけがなかった。腿がビクビクと震え、とろけ出た蜜が机上に零れ、雫となって垂れていく。

「だ……め、ぇ、怖い……っ、あ……！」

落ちる。

脚全体が痺れて感覚を失ったことを自覚するのと、踵が机の縁から外れるのはほぼ同時だった。

天板から落下した体は、筋肉質な腕が支えて受け止めてくれる。落ち着いたのはアルトゥーロの膝の上に跨がって座った状態だ。ルーカはほっとして力を抜こうとしたが、腰に腕を回され、脚の間に硬いなにかをあてがわれて、またも全身に力が入る。

「少し持ち上げるぞ」

手早く内衣《ソッターナ》を捲り上げながら抱きかかえられ、体を浮かされる。元の高さに沈むとき、ルーカの潤いきった内側には彼のものが埋め込まれていった。

「あ、あ、……っ」

内壁がみちみちと圧迫感に支配される。体重がすべて彼の膝にかかると、内側は完全に満たされて満足そうにひくついた。

「ルーカ、もう一度言う。わたしの名を呼べ」

アルトゥーロは言って、膝を跳ね上げルーカの体を揺さぶる。花弁からはみ出た粒が彼の下腹に当たり、潤滑よく擦られて心地良さに忘我《ぼうが》しそうになる。

「呼べ……！」

「あああ、あ、元首、さま、ぁ、あ」

内壁は横になっているときより窮屈だ。お腹側だけでなく、右の側面、左の側面までをも擦られ、感じさせられている。丁寧に、襞を押し広げて隅々まで。

「何故だ。命令にはすべて従うと言ったのに、何故、名前だけは頑なに拒否する？」

どうか聞かないで、今はただ行為に没頭して欲しい。

両腕を体の後ろで押さえつけられ、最奥を抉るように突かれて、ルーカは高い声を上げ背をしならせた。毎晩のように熱を吐き出される場所に、彼の柔らかい先端が打ち付けられている。期待が、快感をさらなる高みに押し上げる。

「何故呼べぬ。アルトゥーロと」

腕を拘束している手に、ぎりりと力が込められる。爪が食い込んで痛み、ルーカが苦悶に表情を歪めると、胸の先を舌でとらえてキツく吸われた。続けて、それを甘噛みしながらの強引な出し挿れにのぼり詰めながら、泣きたくなる。

「ふ、……っあ、あぅ……ァああ、あ」

「……ッ、誰でも良かったのか。たとえば元首の座にいたのがカルロでも、こうして喜んで抱かれたと、そう言いたいのか……！」

ちがう、違う。

「……がう……っ」

抑え込んでいた感情が、理性の綻びとともに溢れそうだった。だめ、言っては駄目。そう思うのに、快感に痺れた唇は真実を叫ぼうとする。

元首さまは狡い。ご自分はこうして私の両手の自由を奪うことで一線を引いていて、完全に信用してはくださらないのに、こちらの一線は取り除こうとする。越えてはいけない壁を、越えさせようとする。

それとも呼べばこの手を自由にしてくださるの？　私だけを愛してくださるの？　違うでしょう。

疑わしい部分が残っているのなら教えて欲しい。改めるから言って欲しい。拘束せずに触れて欲しい。他の花嫁の手は自由にするのかと思うと、気が狂いそうになる。

幸せな結婚の先に、こんな苦悩が待っているなんて思いもしなかった。

「あぁああ、あ……！」

ルーカは腰を震わせて最大の到達を迎える。ひくつく内側には、長い人生に対しあまりにも短い、刹那の熱情の証が与えられた。

喜びは一瞬だけで、快感の余韻はすぐさま身を切るような切なさへと変わる。

妻になれたらそれだけで幸せになれると考えていた自分をやけに幼く思う。

弛緩した体を寝台に運び、なおも貪ろうとする彼の重さが愛おしかった。

5、

夜会の日から二週間が過ぎても海は荒れることなく静かに凪いで、元首は官邸にて粛々と公務をこなす日々、表向きはつつがなく過ぎていった。

しかし婚姻期間の三分の一、一ヶ月が経とうとしてもルーカは廊下の先がどこへ続くのかやはり把握しきれなかったし、元首を名前で呼ぶこともなかった。

変化がないのは抱かれるたびに両腕を拘束される事態もだったが、日常は生活として馴染み、すべてがかけがえのないものになっていた。

帰島の日を想像することを、無意識のうちに拒否するほどに。

「ルーカ、昼食が終わったら小広場《ピアッツェッタ》を一緒に散歩しないか。話があるんだ」

机に向かっていたアルトゥーロが振り向くことなくそう言ったので、ルーカは名前を呼ばれたにもかかわらず話しかけられたのが自分と確信できず、執務室をぐるりと見渡した。

謁見の間と同様に、黄金細工の縁取りと壁画に埋め尽くされた部屋は、奥に重厚な元首の机が正面を向いて据えられ、その手前に補佐官の机が縦位置で置かれている。

扉のある壁沿いには鏡が入った黒大理石のマントルピースの暖炉がひとつ配されていて、立ち飲み屋《バーカロ》なら十軒ぶんはあろうかという広さだが、室内には元首と補佐官とルーカの三人しかいない。

「また周囲を忘れるほど集中しているのか、ルーカ・カッリエーラ」

返答がないとわかって、顔を上げた彼と目が合う。手前の机に向かって書類に印を押しているミケーレは視線を手元に落としたままだ。

「いいえ、そういうわけでは」

ルーカは危うくも針を持った手を顔の前で振りながら答えた。

静かな室内、丸いステンドグラスから陽が降り注ぐ窓辺での刺繍ははかどる環境なのだが、以前ほど集中はしていない。アルトゥーロが同じ部屋にいると思うと、そちらばかりが気になってたまらず、なにもかもがうわの空になってしまう。

「毎日閉じこもりきりでは息が詰まるだろう。わたしはこれからミケーレとともに評議会議員たちとの昼食会へ行くが、それが終わったら海辺でも歩こう」

「はい」

ふたりきりになる場所以外に誘われるのは初めてだ。珍しい提案だと思いながら頷いたルーカは、ふと気づき自分の右の手首を示して言う。

「元首さま、ここ」

「『ここ』？」

頬杖をつこうとしていたアルトゥーロは、示された場所を覗き込む。深紅の内衣《ソッターナ》の大きく広がった袖口の上部に、小さく縫い糸がはみ出ていた。まつった部分の糸が切れたようだ。

「ああ、ほつれか」

「新しいものを用意させましょう。少々お待ちください」

即座に反応したのはミケーレだ。補佐官の席から立ち上がり、颯爽と部屋から出て行こうとするので、ルーカは窓辺の椅子を立ってそれを呼び止める。

「お待ちください。それくらいなら今すぐに縫えます」

刺繍糸も各色揃っているし、ちょうど今、赤い花の刺繍をしていたので針に内衣《ソッターナ》と同色の糸が通っている。わざわざ脱いでいただかなくとも、着衣の状態で繕ってしまえると思う。だが、ミケーレは立ち止まらず扉に手をかける。

「いえ。アルトゥーロ様は繕ったものはお召しになりません。それは廃棄して、新品を纏っていただきます」

「は、廃棄ですか？　そんな……」

そういえばここへ来た日、アルトゥーロは謁見の間で『損なっている』と言って外套に剣を突き立てていた。

しかし勿体ない、というより、自分も職人のはしくれゆえ、衣を縫い上げた仕立屋の気持ちを想像してしまい切なくなる。ほんの一部を損なっただけで廃棄されるようなものを作ろうと思う職人はいない。少しでも長く愛してもらえるよう、真心を込めて仕事をするものだ。

悄然《しょうぜん》としてしまったルーカを前に、アルトゥーロは数秒迷った様子だったが、すぐに袖口をなびかせミケーレを招き、止めた。

「替えはいらない。繕ってもらおう」

「ですが、アルトゥーロ様はご家訓を……」

「ここは元首官邸だ。オルセオロ家ではない。ルーカ、こっちへ」

「はいっ」

職人の気持ちを理解していただけた気がして、ルーカは意気揚々と裁縫道具を手に元首の机へと駆け寄る。懸念のこもった視線がミケーレから向けられていたことも知らず、ほつれた袖口をあっという間に繕ってみせた。

評議会議員十名を招いての昼食会の準備が整った、とアンナがふたりを迎えにきたのは間もなくだ。

わずかでも離れてしまうのが寂しくて、ルーカはそうっと扉を開け、廊下の先を行く背中を見送る。

——早くお戻りになりますように。

すると、角を曲がる直前、アルトゥーロが愛おしそうに右の袖口に唇を寄せる様子が見え、心臓が止まるかと思った。

繕ったばかりのその場所へ、口づけたのは明らかだった。

＊＊＊

（アルトゥーロさま……）

いつものように食堂へ向かったものの、胸が一杯で食事など喉を通らなかった。

豆のスープを二口だけ飲んで、他のメニューは勿体ないから配膳《はいぜん》する必要もないと告げると、女中たちは懐妊を疑ったが、そうでないことはルーカ自身が最もよくわかっている。

——何故、袖口にキスなんて。

目に焼き付いたあの仕草には、まるでルーカ本人を慈しむ感情が表れているようで、思い出せば思い出すほど動悸《どうき》がして他になにも考えられなくなる。

グラスの水を飲み干して食堂を後にすると、ルーカはひとり、二階の開廊《ロッジア》に出て手すり

にもたれ、眼下の中庭《コルテ》を見下ろした。四隅にオリーブが植えられ、中央に円形の噴水が配された開放的な庭だ。

これはアルトゥーロが日々、元首の生活空間と公的空間を行き来するたびに眺める景色でもある。

海上にあり真水の貴重なエネヴィアの地で、噴水を備えている中庭はそう多くはない。ルーカはここへ来て初めて見たのだが、アルトゥーロはどうだったのだろうか。

大貴族のご子息と聞いたから、見慣れたものなのかもしれない……ご自宅にも同じようなものがあったかもしれない。

彼の現在だけでなく、過去までもが気になって、知りたくて、考え出すとキリがない。

そうしてため息をついていると、向かいの一階の開廊《ロッジア》に、見知った青紫色の外套を見つけた。昼食会へ向かったはずのミケーレだ。どうしたのだろう、とルーカはそちらを覗き込み、声をかけようとして口元を押さえる。

(あれは……)

ミケーレのすぐ脇に、黒いフードを被った長いマントの人物が立っている。ギクリとしたのは、その顔に見覚えのある特徴を発見したからだ。右の目尻の大きなほくろ、それは賭博場《リドット》でルーカに高額な賭けを持ちかけてきた男の顔にあったものと同じ。

だが、何故。あの不逞の輩は確か、グラデニーゴ側の人間だったはずだ。

「悠長にしていたら、あの娘に影響されてアルトゥーロ様は完璧さを求める心を失ってしまう。ご自身に対しても、周囲に対しても」

ミケーレは親しげに顔を寄せ、男に言う。

「急いで思い出していただかなくては。壊れたものを破壊し尽くすあの衝動を」

ええ、と応えた男のほうも浅い付き合いではなさそうなそぶりで答えた。

「民衆は迅速な改革を望んでおります。いずれ、などと理想論を語るばかりで貴族に太刀打ちできず、遅々として進まない政治はもうこりごりなのです。下街にいらした頃のように、大胆な振る舞いをどうか……。これ以上は待てません、ミケーレ様」

「致し方ない。ガレー船を――」

ふたりはそこから顔を寄せ合ってひそひそと会話を始めたため、聞こえたのはそこまでだ。とてつもなく悪いものを目撃してしまったようで、ルーカは急ぎその場から去ると、元首の執務室へ飛び込んだ。

＊＊＊

アルトゥーロが昼食会を終えて戻ってきたのは、それから二時間ほど後だった。

「ルーカ、こっちだ」

小広場《ピアッツェッタ》は元首官邸の東に位置し、南を海に面している。普段は市民に開放されているのだが、アルトゥーロが表に出ると伝えた途端、一帯は安全を保つ目的で衛兵によって封鎖された。

海風に長い髪を弄ばれながら、官邸のファサードに沿って海辺まで歩く。正面の開廊《ロッジア》にずらりと列ぶ四つ葉模様をあしらった円形装飾の柱は、ひとつひとつが鍵のようで、ルーカはついつい本数を数えてしまう。

だが、十本ほど数えたところで、数歩後ろに着いてきているミケーレの視線が気になり、やめた。先ほどの密会を目撃していたと知られてはいないだろうか。いや、びくびくしていてはかえって怪しまれる。堂々としていなければ。

本島の縁に立ち外海に臨むと、潮風はいっそう強くなり、ワンピースが空気を孕んで裏返りそうになった。

「まあ元首さま、海に教会が浮いておりますわ！　ユアーノより狭い島があるなんて……あれもエネヴィアの国土の一部なのですよね？」

きらきらと魚の鱗のように陽の光を反射する海面に目を細め、ルーカはそれまでの出来事を忘れて興奮ぎみに問う。視線の先にある小島は敷地がそっくりそのまま教会の建物になっており、船で入り口に乗り付けられる造りのようだ。

「教会島か。あそこには元々修道院があったのだ」

アルトゥーロは優しく笑ったあと、ルーカの左隣に立ち対岸を指差して教えてくれる。外套を外した深紅の内衣の長い袖口が、風にはためいて揺れていた。

「修道院？」

「最初にペストが流行った際、海の怒りを鎮めるために教会に作り替えられたそうだ」

「海の怒り……それは元首さまが海への誓いを守らなかったから、ということですね」

初対面でも聞いた話だ。

「ああ。大司教からそう聞いた」

「そうですか……」

理不尽な話だ、とルーカは思う。崇高なる海はどうして元首の自由をそこまでして奪っておきたいのだろう。

「ほら、あそこに見えるのは税関だ。大運河《カナルグランデ》を通過する船から税金を徴収している。あれも良い財政源ではあるが、やはり細工師のビーズには敵わないな」

アルトゥーロは教会島の右前方、岬のような本島の突端《とったん》を示して言う。

税関は赤みを帯びた石造りの重厚な建物だ。そこを起点として、ガレー船が大運河に侵入し、また、出て行く様には活気がある。

「島にいるときには、こんなふうにエネヴィアが外に開いた国だとは思いませんでした」

今までぼんやりとしかイメージできなかった『世界』が一気にクリアになった気がした。

「そうだな。だが、祝祭の街などと称されていても、この国はすでに斜陽《しゃよう》だ」

アルトゥーロは言う。

「華やかなのはうわべだけ。必死で暮らす下街の人々を土台にして貴族ばかりがのうのうと支配する政治を、真の共和制とは言えない」

その黒檀の瞳には海面の煌めきが星のように映り込んでいる。

「こんなもののために先祖は生まれ育った大陸を捨て、わざわざ海に杭を打ち、石をのせて国土を構築したわけではない。過去に立ち戻るわけではないが、共和制を採用した原点をもう一度見直して、真新しい国とすげ替えるように改革せねばとわたしは幼い頃からずっと思ってきた」

「幼少の頃からご立派でしたのね」

「大貴族ゆえに、腐敗した政治の裏側を見ざるを得ない環境だったのだ」

少々の沈黙があって、足下では島の土台——木の杭に載せた石板が波を割る音だけが響いていた。

「……エネヴィアは本当に美しい国ですね」

教会のさらに向こう、水平線に目を凝らしながらルーカは独り言のように言う。どこからともなく海鳥がやってきて、海面から突き出したゴンドラ用の白い標柱《ブレコレ》にとまる。

「昼下がりの眩しい海原も、夕陽に染まった浅瀬も、夜の闇の中で月を映し出す水路も、どれひとつとして心を打たない情景はありませんでした。これだけ美しければ、元首さまが微塵も損ねたくないと思われる気持ちはわかります」

一部でも損なったものは認められない――そんな独特の価値観が彼の中にあることは、もうわかっている。

職人である立場から言えば、ありとあらゆるものを最後まで大切にして欲しい。いくら損ねても、綻びた内衣《ソッターナ》のように繕って元の形に戻すことはきっとできる。そう伝えてしまいたい気持ちもあったが、ルーカは自分を主張するよりまず彼のなにもかもを受け入れていたかった。

「わかりますわ、私」

「……ルーカ」

アルトゥーロがなにかを言いたげにするも、ルーカはその先を遮るように言葉を繋ぐ。

「そんなふうに思ってくださる元首さまのもとで暮らせて、私達は――いえ、私はとっても幸せです」

これは自分だけの感情だ。

彼の生き方を目の当たりにしたからこそ抱けた感情だ。曖昧な元首像を崇めるだけで実際を知らない他の花嫁を、そこに一緒に含めたくはなかった。

「今日は複数形ではないのだな」

黒目だけをこちらに向けて言う元首は、意外そうでありながら満足げだ。

「はい」

躊躇いつつもルーカが頷くと、口元だけで笑ったあとアルトゥーロは振り返り、背後のミケーレにさらに一歩下がるよう命じた。それから、ルーカに向き直って真剣なまなざしを見せる。

「話というのは、わたしとおまえの未来についてだ」

「未来……？」

「ああ。おまえには、儀式の三ヶ月が過ぎてもここにいて欲しいと思っている。いや、帰す気がないのだ、正直に言えば」

「……え」

帰す気がない？　何故。眉をひそめたルーカに、アルトゥーロは信念ある口調で言う。

「わたしはいずれ、この国の政治の綻びを繕って、市民の権利と自由を元の形に再生させるつもりだ。貴族は反発するだろうし、そううまく事は運ばないだろうが、ゆっくりでも着実に進んで行きたい」

背後に控えているミケーレがわずかに身じろぎした気配がした。

「おまえが隣にいてくれるなら怖れることはないと思う。繕う力を持った、おまえのその手がわたしに力をくれるのならば」

「私……？　でも私は政治のことなど、なにひとつ……」

「わからなくてかまわない。おまえはただ、わたしのたったひとりの妻として、側で支えてくれたら——」

「アルトゥーロ様!!」

元首の台詞を遮るように官邸の方角から切迫した声が聞こえ、ふたりは揃って振り返る。見れば、甲冑姿の衛兵が焦った様子で駆けてくるところだった。後にせよ、とのミケーレの制止を振り切って、彼は元首の足下へ滑り込み膝をついて訴える。

「ガ、ガレー船が……ユアーノ島の警護にあたっているガレー船の一隻が、か、火事をおこして転覆したそうでして」

「なんだと。船員は無事か」

一瞬にしてアルトゥーロの表情が険しくなる。

「ただいま確認中です。しかし一報を聞きつけた元老院のグラデニーゴ様が、その、アルトゥーロ様の尋問を求めて、官邸にいらしております。転覆原因について、元首が海への誓いを守らなかったせいに違いないと……！」

一瞬、ルーカの脳裏にはミケーレの不審な動きが過《よぎ》ったが、彼は演技とは思えぬ厳しい顔つきで元首に指示を仰いだので、あれは聞き間違いだったのかもしれない、と疑いから目を逸らした。頼もしい味方であるミケーレを、まだ信じてもいたかった。

＊＊＊

「早急にルーカの私物をすべて女中部屋へ移せ！　それから女中と同じ服を着せ、厨房へ紛れ込ませるんだ。あそこなら人も多いし、慌しく動き回っても不自然ではない」

　官邸へ戻ると同時に、アルトゥーロは衛兵たちと女中たちにそれぞれ早口で指示を出した。足はすでに、カルロが待つという謁見の間へ向いている。

「あの、海との結婚の本義をカルロ様に明らかにするわけにはいかないのですか。私が細工師であり、元首さまは娶る義務があるのだと。唯一触れても許される女なのだと」

　そうだ。いっそ本義を議員全員の知るところにしてしまえば、表立って妻だと名乗れる上、この先無駄に足を引っ張られる心配もなくなる。妙案だとルーカは思ったのだが、アルトゥーロの表情は晴れない。

「どうやって細工師だと証明する？　恐らく、ここへやってきたときと同様の扱いを受けるぞ。おまえはもう処女ではない。カルロが簡単に信用するとは思えない」

「ですが」

「それに、これまで細工師と元首の結婚が秘されてきたのは、その行為がいかに非人道的で非難されるべきかを先人たちが知っていたからだ。細工師の一族を女ばかりにして飼い馴らしているなどと知れたら、それこそ共和制を根本から揺るがしかねない」

意味がわからなかった。女ばかりにして飼い馴らす、という言葉もだ。細工師が産むのは決まって女だけで、だから島が女ばかりになるのは当然なのに。

「事実を明らかにするのは、機を見て慎重にせねばならない。元老院全員を招集した場で、大司教からの口添えもなければ。それにおまえがとらえられれば尋問を受けることになる。大事なおまえを危険には晒せない。わかったら、すぐにアンナのもとへ行け」

矢継ぎ早の返答に、ルーカが言い返す余地はなかった。開廊を抜けたところで黙って彼らと別れ、女中部屋へと向かう。奥まったその場所に辿り着くと、すでにアンナが女中用の黒いワンピースと白い前掛けを用意しており、すぐさま着替えさせてくれた。

「いざというときはあたしが盾になって守ってやる。なにも怖がることはないからね」

「アンナさん……」

「大丈夫ですよ、皆がついていますから」

よほど不安そうな顔に見えたのか、刺繍の手習いに熱心だった女中たちもこぞって心強い言葉をかけてくれる。元首の部屋にあった荷物もすべて彼女たちが引き上げてくれ、ルーカは身が縮む思いだった。

「ルーカ様のお荷物はわたしの部屋に置かせていただきますね。これで全部でよろしいですか」

女中のひとりが、ルーカの私物を納めた籐籠を抱えながら問う。そこには官邸にやってきた翌朝、ミケーレから受け取ったユアーノ島の海域に入るための許可証も見える。ルーカは黒い女中服に着替えている途中だったが、ふと思い出して赤いビーズのネックレスを外し、彼女に差し出した。

「ありがとうございます。これも一緒に」

女中がこれほど高価なものを下げていたらおかしいだろう。そうして女中の手にネックレスを渡そうとして——気づいてしまった。

女中の手と自分の手との、圧倒的な違いに。

あかぎれだらけで荒れてはいても、彼女らの手には火傷の痕がない。

そこへきて火傷だらけのルーカの手は、明らかに異質だった。

思い出すのはひと月前、初めてここへやってきた日のこと。真っ先にルーカの手を見て細工師だと認めたのはミケーレだった。他の誰に同じ考察ができるかどうかは知らないが、女中の中に女中らしからぬ者が紛れているとわかったら……不審には思われるだろう。

隠すだけの理由があると思われるだろう。

（いいえ、まだ悲観的になるのは早い）

グラデニーゴの連中が、女中に目をつけてアルトゥーロの相手と疑うかどうかもわからないのだ。彼の身分を考えたら、真っ先に疑われるのは貴族の娘に違いない。ひとまずは今日をやり過ごせればいい。あとのことはそれから、落ち着いて考えればいい。

そう思ってアンナと共に厨房へ向かおうとしたとき、部屋に荷物を運びにいった女中が顔面蒼白で駆け戻ってきた。

「た、大変です。官邸内の女は全員、大評議会の間へ集まるようにとのこと。元首さまのお相手を目撃したものは正直に証言せよと……元老院議員からの招集ゆえ、嘘を申せば禁錮刑もありうるそうです……！」

アンナは眉をひそめ、観念した顔になる。

「口裏を合わせている時間はないね。こうなったらどこか、ルーカが身を隠せる場所を探すよ。隠し部屋は大評議会の間の奥だから使えない、となると他は屋根裏か」

「いいえ、それもいけません。グラデニーゴ様は派閥の方々を連れていらして、同時に官邸の内部もお調べになるそうなのです」

「どうしてそこまで……まさかカルロの奴、官邸内に密偵でもいれていやがったんじゃないだろうね。目を付けるところが鋭すぎるよ」

「み、密偵ですって……!?」

焦りを隠しきれない彼女たちを前に、ルーカは冷や汗を浮かべながら思案する。

官邸内に逃げ場はもうない。たとえ匿われてこの場は逃げおおせたとしても、密偵が紛れ込んでいるのならとらえられるのは時間の問題だ。そうして事態が発覚した場合、ルーカのみならず匿った人間も罪を問われる。状況が悪化するだけだ。

何故こんなことに……ルーカは泣き出したい気持ちで思う。脳裏にはつい先ほど、海辺で聞いた話が蘇っていた。海への誓いを破り、怒りをかった元首の話だ。

アルトゥーロはルーカを儀式の三ヶ月より長く側に置きたいと言った。二度と帰さないと言った。あの発言が海を怒らせ、ガレー船を沈める原因となったのでは。

いいえ、まさか。海への誓いは表向きの戒律であり、細工師との結婚の決まりはそこに含まれていない。海が怒るはずはない。

とはいえ、アルトゥーロがルーカひとりを側に置くために、儀式の本義——元首の務めを放棄しようとしていることは確かだ。

このままでは彼は誰に責められてもおかしくない立場に陥る。

ああ、やはり望んではならなかったのだ。彼に独占され、彼を独占したいなどと身の程知らずな幸福を。

(このままここにはいられない)

ルーカは思う。本当にアルトゥーロを想うのなら島へ帰るべきなのだと。自分ひとりを望む気持ちを、捨てていただかねばと。

だが、ここでただ姿をくらましただけでは事態は好転しない。

カルロを放置すれば来年また、同じ時期に同様の諍《いさか》いが起こり、別の花嫁が元首の地位を脅かす。そしてそれは、完璧さを求めるアルトゥーロにとって最大の足枷となるだろう。

「……着替え直してきます」

ルーカは慌てふためく女中たちに、つとめて静かな口調で告げる。

「皆様は先に大評議会の間へ行き、元首さまにゴンドラを手配してくださるよう、お伝えください。すぐに参ります」

「ルーカ様……？」

アルトゥーロはああ言ったが、グラデニーゴが厄介であればこそ、隠し通すことが得策とは思えなかった。国を思い、一歩を踏み出そうとしている元首の邪魔は誰にもさせない。

たとえ己自身であろうとも。

「海との結婚の本義をカルロ様に明らかにします。私が細工師であることは自分で証明してみせます」

＊＊＊

午後四時を迎え、外海はまだ空と同じように青く穏やかに凪いでいた。

――細工師であることを証明するためにユアーノ島の伝統技術を披露する。

そうルーカが申し出たとき、アルトゥーロは当然の如く反対した。門外不出の技術を明かすなど厳禁だ。元首が素手で俗世の女に触れてはならないという禁令同様の、重い規則を破ることになる。

だがルーカの決意は固く、引き下がらなかった。幸いだったのはアルトゥーロがユアーノ島内の罰則に明るくなかったことだ。二度と島から出られなくなる、と知っていたらルーカがいかに頑なな態度を取ったとしても許さなかっただろう。

アルトゥーロとルーカは大評議会の間を後にすると、カルロ・グラデニーゴと補佐官のミケーレ、そして甲冑姿の衛兵ふたりだけを引き連れて、一階の船着き場で二艘《そう》のゴンドラに別れて乗舟する。舟体は離岸すると、縦に列を作って官邸近くの細い水路《リオ》を密かに進んだ。

目的地はガラス工房だ。ビーズはユアーノのみの生産だが、腕力と肺活量を必要とする吹きガラスは本島で、男性職人の力により手掛けられているのだった。

「では、炉をお借りします」

ルーカは工房に着くと元首を始めとする主要な人物のみを室内に招き入れ、施錠をしてから作業用の皮の前掛けをつけた。それだけで気持ちが引き締まり、心がしんと静かになる。普段使っている細さの銅線は見当たらなかったため、致し方なく似た太さの鉄の棒を握り、炉の前に立つ。

炉の内部では熱せられたガラス質が目にささるほど鮮やかな橙色《だいだい》に輝いており、皆は眩しさに思わず目を細めてたじろいだが、ルーカはそれを真っ直ぐに見つめ、すくうのに躊躇はなかった。

棒の先端より少々手前に融けたガラスを絡めとり、手早く棒を回転させて球状に整える。

「ここには金型《ピンツァ》がありませんから、少々荒いですがここに羽模様《ピューマータ》を入れます」

そうしている間に別の色のガラスを炙《あぶ》り、融かして球に巻き付けると、ルーカはそれを針状の金具で引っ掻いた。流れるようなマーブル状の羽模様がそこに現れ、ミケーレがほうと短く声を上げる。

「もうひとつ、こちらには花模様《フィオラート》を」

続けて、熟練の技である薔薇の模様を描き入れてみせる。久々に感じるガラスからの熱は心地良く、考えずとも手が動く。やはり自分は骨の髄まで細工師なのだとルーカは痛感する。

ひとつ、ふたつ、みっつ……一連の動作の迷いなく慣れたさまを、カルロは黙って見つめている。アルトゥーロの視線はことさら熱く、まばたきをしている様子も感じられなかった。

「カルロさま」

そうしていくつかの技術を披露したあと、ルーカはおもむろにビーズのついた棒を掲げ、カルロの顔面に近づけた。ビーズにはまだ熱が残っており、カルロは元老院議員の証である、太もも丈の黒い長衣《ダブレット》の裾をつかんで後ずさる。

「な、なんだ」

「海との結婚の本義、元首さまの身の潔白、そして私が細工師であること、信用してくださらずともかまいません。ですが、今、この瞬間からあなたはユアーノの秘密を知った人間です。私達、細工師と同様に、この技術を護る立場になられたのです」

告げた言葉は確信犯のものだった。実演して見せたのはただ自分の正体を明らかにするためだけではない。

カルロの動きを封じるためだ。

「技術の拡散を防ぐため、今後は海を渡って海外に出ることはまかりなりません。手紙もすべて元首府をお通しください」

冗談じゃない、とカルロは半笑いで言ったが、逃すまいとルーカは一歩距離を詰めて、鉄の棒を嫌味な口ひげのすぐ側まで突きつける。元首のためを思えば、臆することはなかった。

「冗談ではありません。私達は皆、そのような生活を送っています。不便はありません。ただ、元首さまに生かされていればいいのです。ですから、元首さまの寿命に関して賭けをしたり、謀反を働こうなどとはゆめゆめお考えになりませんよう」

目を逸らさずにきっぱりと言い切る。

しかしその途端、鉄の棒が瞬発的な力にはねのけられる。カルロが苦し紛れに吹きガラス用の刃の長い口切り鋏を掴み、飛びかかってこようとしたのだ。想定外の居直り方だった。

しかしルーカが反応するより早く、アルトゥーロが動いていた。外套の内側から剣を抜き、そのままの勢いで流れるように鋏の付け根をとらえて絡め、振り落とす。

「わたしの妻に汚い手で触れるな」

ガラン、と金属的な落下音が足下で上がる。

赤い外套の背に隠され、ルーカは壊れそうに打つ胸を押さえて息を呑むしかできなかった。脳裏に蘇るのは、初めて会った日、今と同様に衛兵の槍を排除した彼の俊敏な動きだ。

何故だろう。

元首はミケーレの腕に全幅の信頼を寄せ、片時も離さず側に置いているのだと思っていたが、土壇場《どたんば》での反応は元首のほうが俄然早い。

(気のせい……？)

＊＊＊

官邸に戻ったアルトゥーロは人目をはばからずルーカの手を引いて舟を降りた。

その瞼の裏には彼女がカルロを黙らせた瞬間の、まるでレイピアをかまえた女騎士のような姿が焼き付いている。

——あれがわたしの妻か。

優しいだけだと思っていたが、とんだ見当違いだった。あんなに凛々しく気高い女がこの世に存在するとは。

彼女は繕う力を持つだけでなく、アルトゥーロの志を理解し、包み込み、さらに元首としての立場を護り支える確実な力をも秘めていたのだ。

やはり手放せない。

このまま側に留め置きたい。

真っ直ぐに寝室へ向かい、昨夜も真夜中まで軋ませていたベッドに、有無を言わさず担ぎ上げて組み敷く。それから彼女の両腕をカーテンタッセルで天蓋の左上の柱にくくりつけ、夕食を取ることも忘れて、真夜中まで体温を貪った。

「ルーカ、やはりわたしにはおまえしかいない」

寝台の上、蝋燭の炎にゆらゆらと浮かび上がる華奢な手首を、アルトゥーロは恍惚としたまなざしで見つめる。薄い皮膚には火傷の痕が散り、その下からは細く編んだレースのような青紫と緑の血管が透けている。

細く白く、しなやかな指先はところどころが使い込まれて不格好にも見えるが、長きに渡ってこの手自身が刻んだ歴史を目の当たりにしているようで好ましかった。

拘束され、力を失い、投げ出されたままになる両手のいかに官能をそそることか――安堵感を呼び起こすことか。

体を揺すれば揺するほど、炎のゆらめきは増してルーカの手を別の生き物のように照らし出す。それを頼もしくも、羨ましくも、愛しくも思いながら顔を寄せ、なめらかな甲に口づける。

「……っん、あ、元首さま、昨夜の……は、溢れてしまって……だから、今日も」

「ああ、いくらでもやる」

蜜源を塞がれ、奥まで貫かれ、ジュプジュプと音を立てて揺らされながら健気にも微笑む少女にアルトゥーロは囁く。

「おまえが愛しい。歴代の元首と共有などしたくない」

昨夜も同様の台詞を言ったが、細工師は皆こうですよ、と当たり前に返された。誰が妻として訪れても、同様に感じるはずです、と。

……そうではない。

おまえだからだ。

肝心な部分でどこか噛み合わず、わかってもらいたいと思う感情ほどうまく伝わらないことを、アルトゥーロはこのところ歯がゆく感じていた。

もちろん慕われている実感がないとは言わない。ルーカはいつだって喜んで体を開き、アルトゥーロのために命さえ差し出そうとした。

だがそれがこの役職にあればこその特権であり、彼女は元首である者ならば誰でもいいのだということも痛感している。

証拠に、ルーカはアルトゥーロを決して名前では呼ばない。どれだけ命じても。

「……ッ、……」

アルトゥーロはとろとろと眠りに落ちていくルーカを引き止めるように抱き締め、自身を最奥にねじ込んで欲を吐き出す。

彼女は自分のものだ。他の誰にも渡せない。代わりなどいない。似た女が同じように現れても、きっとここまで惹かれたりはしなかった。

手元に夢中になって周囲を疎かにする可愛らしい一面も、自分より他人を優先させてしまう危なっかしい性格も、すべてを恋しいと思っている。

朦朧とした妻の豊かな胸に唇を這わせ、アルトゥーロは封蝋のような赤い斑点を膨らみのあちこちに残す。ビーズのネックレスのようにいくつも連ねて、所有のしるしとすると、ルーカは体をくねらせて歓迎しているようだった。

互いの境目を感じないほど溶け合ってから膣内を後にし、寄り添って横になる。満ち足りた気分ながら、若干のもどかしさが胸に残っていた。

名前を呼んで、わたしひとりを欲しがってくれたら。

残り二ヶ月の間に彼女を振り向かせ、その先も側に置くことができるなら、どんな努力も惜しまないのに。

「ア……、……さ、ま」

抱き寄せて腕枕をしようとすると、細く悩ましげな声が上がった。聞き間違いか、あるいは寝言だと思い目を閉じる。すると、次の一言が朧《おぼろ》げな意識を完全に覚醒させた。

「アル……トゥーロ、さま」

頑なにその名を口にしなかった少女が発したとは思えない、奇跡のような響きだった。

アルトゥーロは信じられない気持ちで上体を斜めに起こす。覗き込むと、長い睫毛に飾られた両目は閉じられたままだったが、眠っているわけではないようだった。

何故突然、という疑問は感慨に流されてすぐにわからなくなる。

「もう一度呼べ、ルーカ」

「はい、アルトゥーロさま……」

何度も抱いていながら、ようやく手に入った気分だった。覆い被さるようにして細い体を抱くと、応えるように何度もその名を呼ぶように乞うて唇を重ねた。

ひとときの儚い幸福に、ただ耽った。

少女の瞼の内側にたたえられていた、溢れそうな涙の理由も知らずに。

＊＊＊

その晩、アルトゥーロはやっとルーカと通じ合えた充足感からか、久々に夢を見た。幼い頃、父に取り上げられたはずの大切なものを――損ねたがために破壊されたはずのものを、美しい女が抱えて現れる夢だ。

長く豊かな砂金石《アヴェントゥリーナ》の髪に、透き通った緑色の瞳……女はルーカに違いなかった。

木製の船の玩具、ガラスの小瓶、友人からもらった貝細工。彼女はそれらを見事に繕い直し、もう大丈夫ですよと優しい言葉を掛けながら再び与えてくれる。

差し出されたものの中にはすでに顔すら覚えていない本物の弟妹たちの姿もあり、特別な思い出などほとんどないはずなのにひたすら懐かしく、抱き合って再会を喜んだ。

なにを成し遂げた瞬間より、ずっと幸福だった。

どうりでルーカとともにいると満たされた気持ちになるはずだ、とアルトゥーロは納得する。欲しかったものはなにもかも彼女が持っていたのだから。

（わたしだけの花嫁だ……）

細いわりに頼もしい体を腕に抱いて、アルトゥーロはルーカを護り抜くためいっそう強くあろうと決意する。決してこの娘だけは手放さないと胸に誓う。

夢は、そこで終わった。

翌日、目覚めたアルトゥーロの隣にルーカの姿はなかった。続きの執務室にも大評議会の間の隠し部屋にも、共に朝食をとるはずだった食堂にも気配はない。

「ルーカはどこだ」

「そういえば今朝は見ていないね。昨夜遅く、女中の部屋に私物を取りに来られたところまでは姿を確認してるんだが……」

アンナがそう言ったところでアルトゥーロは青ざめた。ルーカがここへやってきた翌日、ユアーノ島へ渡るための通行許可証を発行したことを思い出したからだ。

――あれを持って消えたのか。

だとしたら、ユアーノへ帰ったとするのが相当な解釈だろう。思えば異変はあった。夕べ、突然アルトゥーロの名を呼んだことだ。

しかし、カルロを退けたこのタイミングで、何故。

事態が呑み込めないながらもユアーノ周辺に常駐するガレー船に急ぎ使者を出し、それらしい人物を見かけたら強制的に官邸へ送還するようにと指示する。だが、すでに入島を済ませたとの報告を携え、使者は早々に帰還した。

「島から連れ戻せなかったのか」

「申し訳ございません。門外不出の技術を流出させた細工師は一生ユアーノ島に監禁されるという掟があるそうで、私どもには手が出せません」

そんな話は聞いていない。だが、まさか最初からそのつもりで……？

どうやらルーカは島に戻るなり、本島でビーズ作りを披露した罪を懺悔《ざんげ》したらしい。おかげでカルロには、細工師の組合《スクオーラ》から監視員が派遣されるとのことで、もしかしたらそれが目的だったのかもしれない。

（いや、それだけではない……）

アルトゥーロの脳裏をよぎったのは立ち飲み屋《バーカロ》へ立ち寄った夜、自らが船乗りに浴びせた容赦ない台詞だった。

『掟というのはそう簡単に例外を設けられるようなものではない。だからこそ罰則があり、破らぬように必死になる。戒めのない掟など掟ではない』

あの船乗りは今、元首官邸の向かいの塔にある牢獄に繋いである。ルーカは自らを同じ状態へと追いやって罪を償う方法を選んだのだ。

「……考慮すべきだった」

彼女が自己犠牲を厭わない性格であることを。

執務室の机に両肘をつき、指を祈るように組み合わせると、そこに額を載せて深くため息をついた。

対策の立てようがない。掟を破った者の処分は、元首の権限を持ってしても覆せない。

見渡せば、少女の姿が消えた官邸はまるで燭台の炎を消したかのように暗かった。損なわれている、とアルトゥーロは思う。

ここはあの娘がいて満たされていた。アルトゥーロ自身もだ。ルーカが共にあってこそ過不足がなかった。彼女の姿なくして完璧にはなりえない。

だとすると、今のわたしは確実に損なわれている――。

ルーカの手を思い出そうとすると、ちらちらと闇色が目の前に現れてそこに重なった。火傷の痕を負い、つまり損なっていながらにして繕う力を持つ、慈愛《じあい》に満ちた手。

あれは……摑まえておくべきものだった。

自分の手と置き換え、縛っておきたかった。そうすれば安心していられた。

愛するものを手放したくない、というだけでは説明しきれない、絶対的な衝動がそこにはあった。

考えれば考えるほど、脳裏にはこれまでで最も濃い闇が押し寄せてくるようだった。腕に怪我を負った直後の記憶を、ただ一面の黒に塗り潰しているあの闇が。

6、

ユアーノ島に戻ってからひと月が経過した晩、ラピスラズリ色の空に浮かぶのはルーカの髪と同じ、深みのある黄金――砂金石《アヴェントゥリーナ》色の満月だった。

薄い雲が通過してその輪郭を淡くする様が、揺らぎのある窓ガラスの向こうに見える。

しかし満たされた月をいくら臨もうとも、ルーカの心はいっこうに満たされない。

「じゃあ、あたしは先に夕食の支度をしてるからね。それが仕上がったら帰っておいで」

そう言って工房を出て行こうとする母は、夜明けから今までビーズを作り、繋ぎ、月がのぼった今ようやく仕事から解放されようとしていた。

「今夜はアカザエビのトマトソースがいいわ。すぐに戻るから食べずに待っていてね、母さま」

精一杯の笑顔をつくるルーカの作業机の上には、白いリボン模様を施すつもりの水色のビーズが銅線の先についたまま立て掛けられている。

「おまえ、最近それればっかりじゃないか」

答えた母は呆れ顔で、扉の取っ手にかけた手を止めて振り返った。手首には火傷の痕、皮膚が硬くなった指には変形が見られる、ルーカより何倍も細工師らしい手だ。

「そう……？　アカザエビばかり食べたがった覚えはないけれど」

「メニューじゃなくてサボりの手口だよ。帰島してからこっち、晩には必ずと言っていいほど工房に居座って、夕飯の支度をちっとも手伝いやしないじゃないか。まったく、官邸での上げ膳据え膳に慣れちまったのかね、うちの娘は」

「あら。私は母さまの手料理が食べたいだけよ。ずっと恋しかったんだから」

とぼけて言うと、母はわかったわかった、とおざなりな相槌を打ち、工房を出て行った。石畳を踏む音が遠ざかるのを待って、ルーカは長いため息を卓上に落とす。母の手料理が食べたいというのは半分が本当で、半分が言い訳だ。

（母さまには泣き顔なんて見せられないもの……）

銅線に巻き付けてただ球にしただけの、水色のビーズが涙に滲んで歪んでいく。想うのはアルトゥーロのことばかりで、実際、仕事にはまったく身など入っていなかった。

小さな世界に集中すればするほど周囲が一切見えなくなる、あの心地良い感覚はもはや得られない。集中できるのは、夢中になれるのは、彼のことを考えているときだけ。

これまで夢中になる行為は自由になることだと思っていたが、しかし今、アルトゥーロを想うときルーカは四肢をもがれた気分になる。自由なんて少しも感じられない。

――あのままお側にいたかった。

だがルーカの存在は、彼に元首の務めを放棄させかねない。

おまえが隣にいてくれるなら怖れることはない、とアルトゥーロは言ったが、自分が側にいたところで特別なにかをしてあげられるとは思えなかった。むしろ、彼を独占したくてたまらないこの感情は他の細工師から跡継ぎを奪い、いずれは国の財政を破綻させる危険性を孕んでいる。

ルーカに細工師としての務めがあるように、アルトゥーロにも決して放棄できない義務がある。まして望んでその義務を手にしたのなら、何にも屈せず遂行して欲しかった。

他の色を決して許さぬ崇高な黒に惹かれたからこそ、ルーカは最後にアルトゥーロの完璧さを護ろうとしたのだった。

「……アルトゥーロさま」

呟くと同時に、涙が頬を伝って卓上に零れおちる。信念を宿した黒檀の瞳と、柔らかく肌触りのいい髪が懐かしくてたまらない。

これだけ切なくなるなんて、結婚前には想像もしなかった。

「アルトゥーロ、さま……っ」

泣きじゃくりながら両手で顔を覆うと、指の間から涙の雫がつぎつぎと滴っていった。

逢いたい。逢って、名前を呼んで、あなただけしか見えないのだと伝えたい。私にとっての元首はたったひとり、あなただけなのだと言いたい。

しゃくりあげてもう一度その名を呼ぶと、扉の対極にある窓の外でガタリと木箱をずらすような物音がした。

「母さま？」

母親がまだそこにいると思ったルーカは慌てて涙を拭くと、席を立って戸口へ向かう。もしかしたら明日のために出荷用の木箱を準備しているのかもしれない。だとしたら手伝わなければ。中身が空でも木箱はひとつ二キロの重さで、齢五十の母には負担が大きい。

しかし扉を半分ほど開けた途端、ルーカは目を見開いて立ち尽くした。

月光が映し出す薄明かりの中、小路《カッレ》の先に見えたのは、この島内では決して会うはずのない人物だったからだ。

「わたしのいないところでなら、惜しげもなく名を呼ぶのだな。単なる天《あま》の邪鬼《じゃく》なのか、権力に与《くみ》するのが癪だったのか、ぜひとも説明願いたいが」

フードつきの黒い外套をなびかせて、足音もなく近づいてくる彼は、初対面で聞いたよりさらに低く冷たい声で言う。

どれだけ視界が悪かろうと、彼を見間違うはずはなかった。

「……元首《ドージェ》さま」

何故ここに。

か細い声でそう尋ねるまでに二度ほど逡巡した。

彼の背後にはミケーレらしき人影も見えるが、この周辺海域は浅瀬が複雑に入り組んでおり、組合《スクオーラ》に属するゴンドリエーレでなければ漕げないはずだ。

「何故？　愚問だな。おまえさえ逃げなければわたしは断罪に値するゴンドリエーレを利用してまでユアーノに上陸したりなどしなかった」

「断罪……まさかリヴィオのゴンドラで？」

問いに頷いて間近までやってきた元首は、当然のように腕を伸ばしてルーカの肩を摑もうとする。官邸にいる間、幾度となく目にしてきた、自分を抱き寄せるための仕草だ。思わず吸い込まれるように身を任せようとしたルーカだったが、

「逢いたかった。機が巡ってくるのをどれだけ待ったか。警備船は遠ざけてある。わたしと官邸へ帰ろう。一生、わたしの側にいて欲しい」

その言葉に、なんのために彼と別れてユアーノへ戻ってきたのかを思い出し、扉のノブを摑んだまま飛び退くように後ずさった。

母に、この恋心は明かしていない。ただ技術の流出を招いたことと、二度と花嫁にはなれないため跡継ぎを得られなくなったことを詫びた。他の細工師たちには白い目で見られ

たが、母はあの通り、以前のままかわらぬ態度で接してくれる。

彼だけではない。母にもこれ以上の迷惑はかけられない。

勢い良く閉じた扉には、素早く木製のかんぬきを挿して開かないようにする。

「お、お帰りください。私は島の外に技術を流出させるという重大な罪を犯した身、ユアーノ島に一生監禁される罪人です」

「かまわない。わたしのために身を引こうとしているのならもういい。自分の身辺くらい自分で護れる。戻って来い」

ルーカ、と懐かしい声が名前を呼び、ノックの音が工房内に響く。

「かまわないだなんて。罪を犯した者を、あなたは簡単に許せる人間ではなかったはず」

「おまえがわたしを変えたのだ。どれだけ損なっても、繕えると教えてくれた。他の誰でもない、おまえが、おまえだけが必要だ」

震える手でかんぬきを摑んだまま、泣き出しそうになるルーカの脳裏には、教会島が浮かぶ潟《ラグーナ》の美しい景色とそして、それを臨む誇り高き元首の横顔が浮かんでいた。

自分ひとりを望ませてはならない。

もしも元首としての義務を怠らせたなら、彼の望んだ国づくりは叶わなくなる。

「あ……あなたの務めは祭りの日より三ヶ月、毎年、別の細工師《スピアルーメ》の娘を妻とし子を成すことでしょう」

「ルーカ、しがらみをすべて忘れた上で答えて欲しい。おまえ自身の気持ちはどうなんだ。わたしをどう思っている？」

感情をどうにか抑え込んだような優しい問いのあとに、扉の向こうからコトリと音がして、元首がそこに体を寄せた気配がした。体温を感じる気がするのは、やはり思い過ごしだろう。

「どう思っているのか、なんて、これまで何度もお伝えしたはずです。私は、私達は、元首さまを慕うように育てられています」

「わたしを他の元首と別格には見られないか？」

悄然とした声で問われたら、扉越しでも、その腕の中に飛び込んでしまいたくなる。

「ど……どなたかおひとりを、特別視することはできません」

うそだ。嘘に決まっている。もう、彼以外に愛せる人などいない。

「では、最後の晩にわたしの名を呼んだのは何故だ。気まぐれではないだろう」

「……元首さまがお望みになったことをしたまでで、私は別に」

「別に？　ごまかすな。それまで何度命じても口にしなかった名を、あのときになって呼んだのは何故だと聞いている。特別な感情が芽生えたからではないのか」

そっとしておいて欲しかった。特別な感情なら、もう随分前から芽生えていた。呼びたくても呼べなかったのは、口にした途端に引き返せなくなるとわかっていたからだ。

だが、あの晩だけは最後だと思ったから……だから。最後に一度、使命でもなんでもなく、ただ愛した人に抱かれた記憶が欲しかったから。

「……お帰りください」

狭く締まりそうになる喉から気丈な言葉を絞り出す。これ以上、どうか揺さぶらないでと願いながら。

「私はここで細工師としてあなたのお役に立ちたく思います」

「側にいてくれ。おまえだけを愛している。他の妻など考えられない」

本心では願ってやまなかった言葉をかけられ、胸が詰まって視界が歪みかけたが、瞼を閉じて溢れないように努める。

駄目だとわかっていたはずなのに、何故、彼ひとりに恋してしまったのだろう。

「貴族としての別の身分と名前を用意した。わたしと共に来い」

「行けません。私は罪人です」

「わたしがこれだけ望んでも、か。せめて顔を見せてくれ。一目でもいい」

切ない声を聞きながら、ルーカは掌で扉の内側の、彼の胸があるであろう位置に触れた。抱かれるたびにいつか両手で触れてみたいと願っていた胸だが、触れることはもう一生ないだろうと、諦めて短く息を吐く。

きっと、彼はしがらみをいくら説明したところでわかってはくださらない。ルーカがどれだけ、アルトゥーロが護るべきものを共に護りたいと望んでいるかを伝えたとしても。

ああ、それならば……もう二度と逢えないのなら、最後にして最大の嘘をつこう。

「元首さまとお会いする理由は、私には、もうありません」

震える声で訴えながら、ルーカは決別の覚悟を持って扉に背を向ける。

「何故だ」

「御子を……授かりました。私の望みは、この子に技術を伝え、細工師《スピアルーメ》の血を護っていくこと。ですから元首さまにもう望むことはないのです」

そう告げると、しばしの沈黙があった。どこかから入り込んだすきま風が、寂しい音を立てて部屋の中央に下がる照明の蝋燭を揺らし、攫っていこうとする。

「後継者が欲しいだけだったのか。そのためだけに、わたしを慕うのが細工師か?」

狼狽したような元首の問いに頷いてはみたが、はい、とは嘘でも言えなかった。

慕っているふりをしたことなど一度もない。

「……どうか、私のぶんも他の花嫁を愛してください」

アルトゥーロさまが好き。本当は他の誰にも触れて欲しくない。自分だけを見ていて欲しい。自分だけを……。

——だから、さよなら。

先の涙が乾ききれない頬を、また新たな涙が濡らしていく。しゃくりあげそうな胸を押さえ、ルーカは嗚咽《おえつ》が漏れないように唇を覆ってその場にしゃがみ込む。

この島から出られない以上、もしもアルトゥーロが退陣して新たな元首が立っても、その人に嫁ぐことはない。彼への貞操《ていそう》を守り抜ける。

それだけを幸運と思う。

「そうか。わたしは、おまえを二度と手に入れられないのだな」

「はい」

「わかった」

低く寂しげな答えが扉越しに聞こえ、数秒後、外套がひるがえる気配がした。すぐに石畳の小路《カッレ》を踏みしめる足音が続き、身を裂くような痛みを残してなにもかもが遠ざかっていく。

(好き……あなたが好き。生涯たったひとり、私にはアルトゥーロさまだけ……)

へたり込んで床板にお尻をつけたルーカは、闇の中に去るアルトゥーロが心まで闇に蝕まれようとしていることも知らず、背を丸くしてしばし涙を流した。

＊＊＊

暗い海に漕ぎ出したゴンドラの上、さざなみの音を聞くアルトゥーロの心は虚ろだった。

名前を呼ばれたあの晩、確かに通じ合ったと感じたのは気のせいだったのか……己に問うてみても、返答は得られない。本人から聞けなかったのだから、他人が考えて答えが導き出せるわけもなかった。

「アルトゥーロさま、明朝からご出発なさる東方視察の件ですが」

「……後にしてくれ」

向かいの席から淡々と話しかけてくるミケーレから目を逸らし、淡い月光を千々に散らす波を眺める。

ルーカは献身の塊のようで危なっかしいが、考えることを怠らない一本筋の通った女だ。ただ着飾って教養をひけらかすだけの貴族の娘とは違う。

甘えた考えなど一切持ち合わせず、誰にも頼らずに生きていける力がありながら、慢心したり他を見下したり、自分の意見を押しつけたりはしない。だから女中たちにも慕われ、衛兵の中にも彼女を悪く言う者はひとりもいなかった。

もしあの手に興味を抱かなくとも、いずれは惹かれていただろう。

アルトゥーロはため息を吐き、重々しい外套を脱いで薄い綿素材の衣の袖を肘まで捲る。櫂が海水を掻く涼しげな音と共に櫂受けがぎぃと軋み、湿った潮風が汗ばんだ肌を撫でて通り過ぎる。

（もう、あの優しい手はわたしの手に置き換えられない……置き換えて縛ってはおけな

い）

考えれば考えるほど、頭の深部がズキズキと鈍く痛み不安が込み上げてくる。意識が闇に呑み込まれそうになる。彼女がいなくなった日からずっとこの調子で、夜もまともに眠れていない。

——ルーカ。

あの晩、この腕に抱き締めて閉じ込めたままにできなかったことを心から悔やみながら、ゴンドラの縁に頬杖をついて掌で目元を覆う。途端、露出した肘の皮膚にちりりとした痛みを感じ、アルトゥーロは反射的に腕を引いた。

「いかがなさいました？」

問うたミケーレの眉間が歪んでいるのを見て、その視線の先を確認してみれば、アルトゥーロの右肘の先には黒い木片が刺さっている。わざわざゴンドリエーレの所有する舟体を用意させたため、官邸所有のゴンドラとは違い、古く、ささくれ立っていたのだろう。アルトゥーロが左手の指でその木片を取り除くと、挿しどころが悪かったのか、赤黒いものがぽたりとゴンドラの床に染みを作った。

黒い染みは、一滴、二滴、と頭の中の闇を後押しする。慌てて止血しようとするミケーレの動作を遮り、アルトゥーロは小さな痛みに七年前の怪我の記憶を手繰り寄せる。このままでいい。いっそ呑み込まれてしまいたい。そうだ。

本当はずっと、この誘惑に抗いきれないことをアルトゥーロは知っていた。

「……ああ」

自覚した途端に自然と唇から恍惚とした声が漏れる。

「思い出した……」

「アルトゥーロさま?」

「この手は父と同じ、我が身ではなく『外』に完璧を求める手。完璧な環境を手に入れるために冷酷に徹した手。だから彼女の慈愛に満ちた手と、置き換えて拘束しておきたかったのだ……」

＊＊＊

ルーカが島に戻って三月《みつき》が過ぎ、短い夏に終わりを告げると、エネヴィアはやがて謝肉祭《カルネヴァーレ》の秋を迎える。

仮面《マスケラ》で顔を覆い、名前、身分、時には性別をも偽り、夜毎広場で酒宴を催しては歌って騒ぎ、ひとときの自由を謳歌する伝統の祭り《フェスタ》は、本島でもユアーノ島でも内容に差はない。

今年の祭りの初日は例年より遅く、秋風が穏やかに吹き始めた日だった。

ルーカはこの日、まだ夕陽が落ちきらないうちに工房を出て二十分ほど歩き、島の北岸にある金属加工場を訪れていた。摩耗した金型《ピンツァ》を修理に出し、また、新たな道具を仕入れるためだ。

　用事を済ませ、教会の前の広場《ピアッツェッタ》の前を通りかかると、円形に配された石畳の中央にはコルノ帽と深紅の外套を手作りし、統率者になりきって振る舞う者を見かけた。

　元首に憧れる若い細工師の中には、そうして彼の姿を借りる者が毎年必ずひとりはいる。

（アルトゥーロさまは黒髪だわ。あんなに明るい赤髪じゃない）

　陽気に酒を酌み交わして騒ぐ集団をよそに、祭りで騒ぐ気分になれないルーカは新調したばかりの金型を抱え工房への道を急ぐ。

　二度と逢えない、と思ったからこそ、ルーカは祈りを込めてビーズを作り続けていた。

　寝る間も惜しんで工房へ詰め、より高い価値の望める新たな技法を編み出しては、他の工房を巡り伝えもした。罪人ゆえ当初はあまり良い顔をされなかったが、認めてもらえるまで粘り強く続けた。

　自分がここにいて、元首を愛した事実を残したかった。

「ルーカ」

　柔らかい声が自分を呼んだのは、近道をしようとレンガ造りの民家が建ち並ぶ小路を右に折れたときだ。

　振り返ると、たった今曲がったばかりの家の角には、黒の帽子に黒のマント、そして鼻の部分が三角に尖った白の仮面《マスケラ》を身につけた金の髪の人物が立っている。家々から漏れる光にぼんやりと照らし出されたその人が、島の誰かの仮装姿でないことは、背の高さと肩幅の広さからすぐにわかった。

「……ミケーレさま？」

問うたルーカにつかつかと歩み寄り、ミケーレは背に手を当てて、来てください、と先を急がせる。

「い、行くって一体どこへ」

「本島へ攫っていこうというわけではありませんので安心してください。ただ、あの方に逢っていただきたいのです」

「あの方？　元首さまになら、私はもうお会いするつもりは……」

そこでミケーレの過去の不審な行動を思い出し、謀反を連想したルーカは駆けながらも狼狽える。なにが目的なのだろう。

「あなたでなければ駄目なのです。あなたが欠けた影響は思ったより大きかった。妙な謀反の噂を流すより、路地で剣戟に持ち込むより、船を沈めるよりずっと下街時代を思い出させる効果はありましたが、バランスを崩しすぎた」

呼びかけに応えるミケーレの態度は弱り切って、焦燥感が滲んでいる。

「バランスって……いえ、すべて仕組まれたのはやはりミケーレさまなのですね。なんて惨いことを」

「死人はひとりも出していません。ガレー船も船員が全員避難してから沈めていますのでご安心を。すべてはあの方のため、あの方の精神に揺さぶりをかけるためです」

「何故そんな」

「完全なるものを愛し、すげ替えを行う彼の性質こそを市民が望み、支持したからです」

「すげ替えを市民が望む？　それは、どういう……」

小走りで移動しながらの会話を、ルーカは理解するに至らなかった。

遠くからカンツォーネの聞こえる細い小路を先へ急ぐ。途中、いくつかの広場で繰り広げられている宴に出くわしたが、皆、仮装しているだけでなく酔ってもいて、ミケーレの姿を不審がる者はいなかった。

「こちらです。どうか恨むのなら他の誰でもなく、アルトゥーロ様を支えきれなかった私を恨んでください」

数分ほど進み、ミケーレがノックしたのはルーカの母の工房を道の先に見る無人の小屋の扉だった。家が途絶え、空になった工房のひとつだ。

何故こんなところに。

眉をひそめたルーカの目の前で、扉が内から薄く開かれる。そこに見えたのは輪郭を闇に溶かした黒い外套姿の男で、彼はゆらと左右に揺れたかと思うとルーカの肩を乱暴に摑んで工房へと引っ張り込んだ。

「きゃ……っ」

扉が閉まる刹那、目が合ったミケーレの表情には悔恨のようなものが見てとれた気がした。

パタリ、閉じた空間の中で黒い外套の人影にじりじりと後退させられ、ルーカの背は窓の右横にある薄汚れた漆喰の壁に行き着いてしまう。部屋の西の角に置かれた燭台の炎が、割れた窓から吹き込む風に揺れる。

「ルーカ。なぜ、わたしの前から消えた。わたしにとっての完全を壊した。なぜ」

「ド、元首《ドージェ》さま」

ようやく、そこにアルトゥーロの顔を確認してルーカは瞠目した。

「帰す気はないと言ったはずだ。官邸はおまえがいて完璧だった。おまえが消えては欠けてしまう。損なったものはすべてを――すげ替えねばならなくなる」

なにが起こっているのかわからなかった。会話の内容が逆戻りしている。前回、穏やかに、わかった、とルーカの話に応えていた者の台詞ではない。

「いや、いくらすげ替えてもおまえがいなければ足りない。完璧にはなりえない」

抑揚を失った口調には鬼気迫る気配が滲んでいて、寒気を感じさせる。姿形に変化はないのに、これまで目にしてきた元首とは似て非なるものに思えた。

「官邸だけではない。腕の中におまえがいない、それだけでわたしは完全性を欠く。不完全になる。損なっている。損なっているのだ」

ばさりと重々しい音を立てて黒い外套が埃だらけの粗末な木の床に落ちる。変装しているのか、内側から現れたのは元老院議員が着る太ももまである上衣《ダブレット》で、これも闇のように深い黒色だった。

「だが、損なってようやくわかった。何故おまえの手を縛っておきたかったのか……この手と置き換えておくと安心できたのか……」

両肩を摑まれたと感じた次の瞬間、ビッ、と激しい音が聞こえ、前掛けの内側でモスグリーンのワンピースが左右に引き裂かれていた。先代の元首に贈られた、お気に入りの一着だ。恐ろしくなって退路を見遣れば、扉の下の隙間からは黒い外套の裾が覗いている。ミケーレだ。

他に扉はない。逃げ出すことはできない。

「わたしの手は父と同じ。損ねたものをことごとく葬り、すげ替えを行う手」

「やっ……元首さま、どうしてしまわれたのです」

「だからおまえの慈愛に満ちたその手をわたしのものにし、代わりにこの凶暴な手を拘束したとき、あれほど安心したのだ」

言い知れぬ恐怖にかぶりを振る。私の手を、彼のものに？

確かに初夜の際、ルーカは自分達の腕を置き換えようと言った。もちろん覚えている。彼の腕に課せられた海への義務を引き受ける、という意味だった。

拘束させたのは、禁を犯していないさまを彼の目に届く位置で確認させておくためだ。その状態で『安心する』というような台詞を聞いたのは、いかに信用していると言っても、心の奥底ではまだ自分が信用されていないからだと思っていた。

だが、彼は実際に、ルーカと自分の腕を置き換えたように錯覚して安堵したのだろう。

手に入れたのはルーカの腕。

拘束していたのは自らの腕。

「本当は忘れていたかった……わたしがあの、狂った父と同じ衝動を持つことなど」

日々使い込んだ前掛けも乱暴に剝ぎ取られ、仕事がしやすいようにコルセットを身につけていなかったルーカの胸は零れるようにあらわになる。

その凶行に、なにかに取り憑かれているのではと疑いを持ちつつも、アルトゥーロとともに暮らした一ヶ月を思い出してみれば片鱗がなかったとは言えなかった。

そうだ、最初から彼の瞳には闇が宿っていた。

「下街にいた頃、政治家を目指すわたしの目に最も損なって見えたものがなんだったかわかるか？　そう、市民《チタディーノ》の現状を顧みない貴族議員達の政治家としての信念だ」

アルトゥーロはルーカの耳元に唇を寄せ、虚ろな声で囁く。

「汚職に関わった者の顔を知っていたのは幸いだった。いや、それだけじゃない。オルセオロ家が裏で手を引いていると匂わせれば、すげ替えられた家の者も皆、黙るしかない。わたしはミケーレと市民たちの力を借り、衝動のままに振る舞えばよかった」

まさか。過去の記憶を手繰り、ルーカは思い当たる節があることに気づいて絶句した。

アンナが評議会議員の名前を呼び間違えた件だ。もし、咄嗟に呼んだほうの名前が本来の彼の名前だったとしたらと考えて、背筋を震わせる。

思えば彼は、新しい生活には慣れたと発言していたし、アンナは貴族であるはずの彼を含め自らを『あたしたち一般市民』と表現してはいなかったか。

彼が元一般市民であり、現在貴族議員を務めているということは……そしてそれこそを民衆が支持したということは。

(街ぐるみで、いいえ、国ぐるみで人のすげ替えを)

全身が総毛立ち、血の気が引いて、寒気が奥歯をカタカタと鳴らす。だが、逃げ出す気にも反撃に出る気にもなれなかったのは、彼が、夢の中でもいいから一目逢いたいと願った最愛の人だからだ。

――元首さま……アルトゥーロさま、本当に？

すると両手首を太ももの横で壁に押しつけて拘束され、胸の膨らみの上部にかぶりつかれてルーカは声を上げる。

「っ、ア……！」

「どんなにこうしたかったか。どれだけもどかしくおまえを求めていたか」

腰骨で引っかかって止まっていたワンピースの残骸と下着類を床へと落とすと、アルトゥーロはまるで最初からそうするつもりだったかのように床へ膝をつき、躊躇なく目の前の薄い茂みに唇を押し当てた。

「……やっ、あ、突然なにをっ……ぁ、ん」

ぴったりと閉じていた割れ目の間に生暖かい舌を差し入れられ、驚きと戸惑いに膝が震える。

「ああ、この味だ」

アルトゥーロはルーカの手首を強く握り直し、花弁の内側の粒を啜った。二ヶ月ぶりの逢瀬に忘れたはずの疼きが蘇って、心はまだどう反応したらよいのかわからないのに、体の芯からは蜜がとろけ出してしまう。

唇についた潤みも惜しそうに舐める官能的な舌が、ふたつの胸の膨らみの間から見え、ルーカは熱を孕んだ吐息を漏らした。

「……ふ……っ」

官邸にいる間は、特別な用事でもない限り毎日のように与えられていた愛撫だ。感じないわけがない。

「まだだ、まだ足りない」

　喉をコクリと鳴らして、アルトゥーロは蜜を催促する。人差し指で内股を探りながら粒を舌先で潰されて、震えが膝下全部に移っていくのを感じながら、ルーカは涙目で首を左右に振る。

「ァあ……っヤぁ、あ、元首さま、おやめくださ……」

「残念ながらその要求には応じられない。手を緩めた隙にまた逃げられたらたまらないからな」

「そんな……っ……」

　突っ張った両のつま先は痺れて感覚を失いつつあったが、力を抜けば彼の唇に秘所を委ねることになる。いかに愛しい人と言えど、あれだけ恐ろしい話を聞いたばかりで簡単に身を預けるのは抵抗がある。ルーカは理性を翻弄しようとする甘い感覚に抗い、壁に身体を押し付けて腰の位置を保った。

「……子を孕んだというのは嘘だろう」

　アルトゥーロはやはり低く暗い声で問い、ルーカの下腹部に頬を擦り寄せる。予想に反して突然優しい触れかたをされ、ぞくりと腹部に鳥肌が立つ。

「最後に抱いてから三月《みつき》、この腹は膨らみ始めるどころか痩せ細っている。妊婦らしい体型にはほど遠い。おまえの性格からして、本当に孕んだなら子を第一に生活するはずだ」

核心を衝かれてぎくりとした。指摘された通り、ルーカは過労が崇って痩せるいっぽうで、妊婦を装える体型ではない。鋭いところをつかれて目を泳がせると、彼はなにもかもを察した様子で再び茂みに唇を寄せ、薄く笑いながらそこに口づけた。

「自分が人を騙せる性質だと思っているなら、早くその考えを改めたほうがいい」

両手首は強く握られたままだ。

与えられる圧迫も、本当はルーカには恋しくてたまらない。拘束されるたびに、いつか両腕で彼を抱き締め返したいと願ったはずなのに、この束縛こそが待ち望んでいた抱擁のように思えてくる。

舌は割れ目の間の鮮やかな色をくまなく舐めとる動きに変わる。蜜源を探し当てた人差し指にずるりと中ほどまで侵入を許したとき、ルーカは耐えきれず腰をくねらせて到達した。

「あ、……ぁああんっ」

ひと月ぶりの悦だった。

体重を支えきれなくなった膝が折れ、倒れ込みそうになる。その体を抱きとめ、アルトゥーロは近くにあった作業机の上の道具類を片手で一掃し、ルーカの裸体を横たえた。

それから上衣《ダブレット》の裾を捲り、黒い脚衣の前を開くと、蜜を滴らせているみずみずしい花弁に熱く滾った熱の塊を押し当てる。

蠕動していた蜜源は、それを自ら根元までいちどきに受け入れてしまう。

「んぁ、あぁ……元首さま、……っ」

押し上げられたぶんだけ長く息を吐き、ルーカはまるで両手首をひとくくりに拘束されているかのように、揃えてアルトゥーロの口元へと伸ばした。ほとんど無意識だった。

ルーカの抵抗をなくした手を前にした瞬間、安堵したアルトゥーロの表情には以前の安定した表情が垣間見える。

「……拘束しておかねば、と正義感に駆られながらもその実、わたしは自らの手の攻撃性に惹かれていた。損なったものを片っ端から破壊したかった。そうして自らに安定を……もたらしたかった」

差し出した指を口に含まれ、舐めしゃぶられて、恍惚としながらルーカは揺さぶられる。心の中は恐怖で満たされているようでいて、根底にある愛しさが捨てきれない。

崩れそうに揺れる柔らかなふたつの膨らみを上から押さえつけ容赦なく捏ね回されると、じんじんと根元が熱を持つように感じた。

帰島してから肌身離さず身につけていた赤いビーズのネックレスが胸元で弾き合って音を立てる。本島にいた頃にアルトゥーロから贈られ、以来なによりも大切にしてきた品だ。

それを両手で摑み、紐を左右に引っ張られ、ルーカは青ざめて訴える。

「いやっ……だめ、壊さないで！」

だが、叫んだときには遅かった。ちぎられた紐からは大粒の雨のようにビーズがバラバラと床へ零れ、虚しい音を立てて四方八方へ飛び散っていく。

「こんな、どうして……ひど、い」

こめかみに涙が伝った。心まで引きちぎられたみたいだ。

「先代の元首に贈られた服を破られた瞬間より、ずっと悲しそうに見えるな？」

図星だった。あれほど気に入っていたワンピースを破られたというのに、今のほうがずっとショックは大きい。

「おまえは本当に素直で可愛い」

薄く笑ったアルトゥーロは、手の中に残ったオリーブ大の赤いビーズをペロリと舐めて、それを満足そうにルーカの花弁に押し当てる。固く硬いガラスの玉は、膨れきって熱を帯びた粒を氷のように冷たく翻弄する。

「ひぁ、あ、うあ……いや、いやっ……」

くりくりと粒同士を転がし合う動きに、耐えきれず腰が跳ねて机を揺らした。

「ここばかりではいや、か。ではこちらも、虐めてやろうな」

反対の手で卓上のビーズをひとつ拾うと、アルトゥーロはそれに唾液をたっぷり纏わせ、左胸の先端に押しつけて丸く転がしてくる。

「はぁ、あんっ、あ、赦し……て……ッきちゃ、う、また……もう、っいや……ぁ」

「相変わらず敏感な体だ。わたしはもっと、しつこく弄り倒してやりたいのに、おまえはあっという間に達してしまう」

脚の間のビーズは胸とは逆の方向に小さな円を描いて花弁の中を動き続けている。その状態で空いていた右胸の先にむしゃぶりつかれたら、達せずにはいられなかった。

「く、ふ……あぁあ、っ——あ、あ、イ、ヤ……ぁああっ」

言葉では拒否しながらも、内壁をうねらせ、含まされた熱の塊に絡み付き、絞りながら射出を懇願してしまう。体内に彼の熱を解放される瞬間の、満たされた感覚は他には代えられない。

「さあ、奥にたっぷり注いでやろう。島にいながらにして細工師が孕んだらどうなるか……おまえはすでに罪人だからな、きっと今度こそ居場所がなくなる。そうすればわたしのもとに来たいと懇願するかもしれない」

言われた通りの未来を想像して、慄《おのの》いたルーカは涙目でかぶりを振る。そうだ、これは子をもうける行為。

「や、やめっ……て、……」

帰島するまで元首から子を授けられるのは夢であり使命だった。だが儀式が終了したのちユアーノの地で孕んだとなれば元首以外の男と通じたことになりはしないか。アルトゥーロがそうと認めない限りは元首の子として扱われず、間違いなく取り上げられる。

国の財政を支える細工師に死刑はないが、ルーカにはすでに情報を流出させた前科があり、一体どんな処分が下されるか予想もつかない。

それに、娘が二度も罪を犯したとなれば母だって白い目で見られる。今でさえ肩身の狭い思いをさせているのに、これ以上と考えるとルーカはそれが何よりも怖かった。

なのに、チュ、っと右胸の先端から唇を離したアルトゥーロは、上半身を持ち上げて濡れたビーズを床に放り、ルーカを揺さぶって震える両胸をそれぞれ摑む。

「だめ、抜い……て……ゆ、るして、お願い」

「案ずるな。誰にどれだけ蔑まれようと、わたしだけはおまえを見捨てはしない。むしろ崇めるように愛すと誓う」

速度を増して行く出入りに、この人は本気で自分を追い込むつもりなのだとルーカは悟って怖さのあまり嗚咽した。

「ふ、っく……ぅ、う……」

「おまえはわたしのもの、もはやおまえ自身のものですらないと思え」

尖って天井を向いた胸の突起を、とらえた親指が円弧を描いてさかんに動く。ビクビクと反応してしまう自分が哀しくて、けれど止めようがない。

「近いうちにおまえは合法的にわたしの手に戻る。国民はわたしを必ず支持する」

奥を突き、胸を弄りながら虚ろな瞳で言うと、アルトゥーロはルーカの体の奥の奥、行き止まりの壁を強く押し上げて躊躇うことなく大量の迸りをそこに与えた。

「……ッ、待っていろ、ここで、わたしを」

「あ……っア、ぁ……」

どくどくと震える楔から子種を注がれるさまが、膣壁を通して感じられ、諦めと、そして禁断の幸福が胸に広がっていく。

「必ず取り戻す。抵抗する気ならその両腕を官邸に繋ぎ、二度と外には放さない」

残酷極まりない宣言だったが、そのような未来を想像して瞼を降ろし、ルーカは目尻から一筋の涙を零す。

膣内ではビクつく柔肉《やわにく》に自身を搾り取らせるように、アルトゥーロがしつこく前後を繰り返している。ジュブジュブと、それが泡立って打ち付ける音をより卑猥にしていく。

根本から千切れそうに揺れる両の乳房には、所有権を主張するかのような朱いキスマークがいくつも散らされた。

「やはりおまえの中は快《よ》い。一度で終わると思ったが……まだ出る。ほら、受け取れ……」

「やぁ……っ」

これほど酷くされているのに、嫌いにはなれそうになかった。むしろ官邸にいた頃はあんなに優しかったアルトゥーロが、見る影も無く不安定で残忍になってしまったことが心配でたまらない。

けれど、軽々しくその胸に飛び込んではならないとルーカは彼にしがみつきたい衝動に耐えて顔を背ける。

「……か、帰って、ください……もう、お気は済んだでしょう……」

ようやく前を向いて進み始めたというのに、こんなふうに動揺させないで欲しかった。

「……ああ、今日のところはな」

栓を抜かれた途端、注がれたばかりの彼の体温の一部がとろりと逃げて床に滴る。

あっけなく去っていく背中に、腕の拘束を解かれる瞬間の余韻を重ねて、内心、追いかけたくてたまらなかった。

＊＊＊

国民は必ず支持するとアルトゥーロは言ったが、一体彼がなにをするつもりなのか、本島でなにが起きているのかはまったくわからず、ルーカは日曜の朝、ミサの直前にユアーノ島内で唯一外部と手紙のやりとりが許されている女司教に情報を乞うた。

「このユアーノ島から細工師《スピアルーメ》を解放し、本島との行き来を自由にするという法案が審議されているようですよ」

聖職者の証である白の外套を纏った初老の女司教は、教会のパイプオルガンを背にして穏やかな口調で言う。ミサが終わり、島民を前にして壇上からの言葉だった。

エネヴィア共和国はどうやら、大規模な改革の最中《さなか》にあるらしい。元首の熱意を知り、ルーカは恐れながらもかすかな喜びを感じてしまう。

しかし司教の言葉を耳にした細工師たちはざわつき、口々に戸惑いの声を上げた。

「私達はどうなるのですか、司教さま。私達が護り、継承していくべき技術は」

困惑するのは当然のことだった。解放されたところで、彼女達はビーズを作る以外に生計を立てる方法も、そもそもユアーノ外での生き方すらも見当がつかないのだ。

「元首さまは国全体で細工師を護り、継承していける道を探っていらっしゃいます」

「そんなの不可能よ。本島には外国の船が次々にやってくるのでしょ？　誘拐でもされたらお終いだわ。それに結婚は？　元首さまは私達をお捨てになるの？」

「真に愛した人と添える幸福を、皆に与えるための解放なのですよ。海を信仰するのもやめ、新たな神を据えることで元首さまの両手も自由になさるそうです」

「海への信仰をやめる……？」

一同に顔を見合わせた細工師達は、元首の考えがまったく読めない様子でますます狼狽える。

「……司教さま、その法案は通りそうなのですか」

　ルーカはアルトゥーロが国の信仰をもすげ替えようとしていることに気づき、問う声を震わせる。

「法を審議する元老院の席は大貴族ばかりが独占していますから、最初は反対意見しかなかったそうだけれど、徐々に賛成の意見が増えてきたようよ。恐らく、一年もすればここは解放されるでしょうね。大変喜ばしいことです」

　女司教の台詞には何故、賛成意見が増えてきたのかという肝心な部分の説明がない。だがルーカは議員の説得に成功したからでも、市民の声に押されて意見を変えたからでもないのだと、確信していた。

　行われているのは人のすげ替えだ。恐らく、元老院議員から一般市民への。

　細工師の解放……海への信仰の放棄、果たしてそれをも国民は理解してくれるのだろうか。いいえ、甘えたらだめ。過剰に期待してはだめ。けれどもし、叶うのなら……。

＊＊＊

　年中オリーブが青々と茂るほどに温暖なエネヴィアだが、秋が過ぎ、冬の入りに差し掛かると、島民のワンピースの上には厚手のベルベットの外套が羽織られるようになる。

　すべてが同じ型、同じ黒色の、元首から贈られた揃いの防寒着だ。

孕むことなく冬を迎えたルーカは、工房で今日も仕事に励んでいた。

「母さま、今週の出荷はこれだけでいいかしら。急いだつもりでも、寒いとどうしても作業が遅くなるわね」

ああ、という母の返答を聞き、ルーカはおがくずを敷き詰めた木箱へと丁寧にビーズのネックレスを納めていく。蓋をして、こぼれ落ちないようにその四隅を釘で留めると、外套を羽織ってから木箱を二箱重ねて胸に担いだ。

「急いで港まで運んでおくれ。もしかしたらもう、荷運び用のゴンドラが出ちまったかもしれない」

「ええ。届けたら家へ直接戻るから、母さまは先に戻っていて」

「あいよ。足下に気をつけて行ってくるんだよ。なにせ――」

「港の周辺は道が悪いから、でしょ。子供じゃないもの、大丈夫。私なら心配ないわ」

扉を開いて送り出してくれる母に笑顔で告げて、ルーカは港へと続く小路《カッレ》を早足で歩き出す。すでに日が落ちかけて、周囲は橙色の夕陽に染まっていた。

大丈夫、と言いながら、港へ向かうのには勇気を振り絞らねばならないのが正直なところだ。

まさか昼間に元首たちが正面から堂々とやってくるわけはないだろうが、港は本島と直接通じる道であり、その先に願ってはならない未来があるから怖かった。

謝肉祭の夜からふた月も経つのに、ルーカはまだ揺れている。自分の幸せを優先することなどできない、許されない、しかし彼の言葉に自分を委ねてしまえたらと――。

すると、なだらかに湾曲する石畳の先に見えて来た港には、白と黒の標柱に紛れて薹帽子を被ったゴンドリエーレの姿がぽつりとある。一艘《そう》だけ荷待ちをしているのだと思い、慌てて駆けて行くと、それは気弱な人相をした、淡い栗毛の青年だった。

「……リヴィオ」

ルーカが声をかけると、彼は表情を硬くして櫂を持ったまま船上で目を見開いた。久々に見た顔はやつれ、ふわふわと綿毛のようだった髪にも艶がなくなり、以前表情に漂っていた幼さは微塵も感じられない。

「荷物を運びに来たの？」

前回アルトゥーロが彼の舵でやって来たことを思い出し、恐る恐る尋ねてみれば、リヴィオは放り出すように櫂を置いた。ゴンドラから岸に飛び移り、目の前までやってきてルーカの左の二の腕を出し抜けに摑む。

「良かった、元首たちに捕まらなかったんだね」

「え？」

「少し前、荷運びの船に紛れて彼らを連れて来たんだ。君を捕らえて無人の屋敷に繋ぐと言っていたから、どんな酷いことをされているんじゃないかと、気が気じゃなくて……」

やはりやって来ていたのか。

恐怖に奥歯は震えても、胸の奥は熱くなる。

腕を引っ張られて思わず木箱を落としそうになると、それを取り上げ、石畳の上に置いてからリヴィオは再びルーカの二の腕を掴んで引いた。

「行こう、ルーカ」

「い、行くって——」

「元首の指示で島の周辺海域の警備が薄くなってる。国外に逃げるなら今しかない」

船漕ぎの腕力で引き寄せられては細身の女の体で逆らう術などなく、つんのめる格好で海上に突き出した板張りの船着き場まで連れて行かれてしまう。

「リ、リヴィオ、待って」

「待っている暇なんてない。あいつらに見つかる前にここを出るんだ。ふたりの口振りからして、前回も酷いことをされたんだろ」

酷いこと……以前アルトゥーロから受けた行為を頭に蘇らせたが、ピンとはこなかった。あれほど恐怖したはずなのに、記憶の中の彼の行為はただひたすらに甘く感じられる。

「でも私は罪人なのよ。島を出ることはできないし、国外へ逃亡するのも罪だわ」

「罪人なのは僕も一緒だ。細工師である君と口をきいていた」

鬼気迫る様子のゴンドリエーレに抱え上げられそうになり、ルーカは身を引いて防ぐ。

「だからって逃げるの？　罪から逃げても許されるわけじゃないでしょう」

「でも、エネヴィアを出れば自由になれる。君のことも幸せにする。僕はずっと君が好きだったんだ、ルーカ」

後ずさっていた足が、思わず止まった。

彼はずっと友人で、弟のようだと思ってきたから、好意は考えてもみないことだった。

「僕と行こう。君を自由にできるのは僕だけだ。何故元首が君に酷いことをするのか、君達の間になにがあったのかは一生聞かない」

潮風があまやかにルーカを誘い、揺れてばかりで落ち着きどころのない気持ちをより容赦なく揺さぶる。自分がもし存在を消したなら、アルトゥーロは海への信仰を放棄するなどという大胆な改革も、義務の放棄もやめるだろうか。

母をこれ以上巻き込む心配もなくなるだろうか。

「ルーカ、急いで。元首に見つからないうちに」

目の前には、櫂を握り続け皮膚が岩のようになった青年の掌が差し伸べられる。ルーカは胸の前で両手をぎゅっと拳にし、足先だけで数度逡巡する。

彼の手を取れば、苦悩から解放される？

「行こう、早く！」

痺れを切らしたのか、リヴィオは強引にルーカをゴンドラへ乗り込ませようとする。火傷だらけの右の手首を、力任せに摑んで——引いて。

しかしルーカはそれを反射的に振り払っていた。

ちがう、とはっきり思った。

自分の手首をとらえるべきはこのような感触ではない。

「行けない」

「どうして」

「だって、私」

ふるふるとかぶりを振り、思い出すのはもっと優しく絶対的な拘束だ。支配されているようでいて、元首から施される緊縛にはなにもかもを許容されているような温かみと、解放感があった。もどかしさは感じても、不自由さなど感じなかった気がする。

海に突き出た板張りの船着き場を後退し、ルーカは踵から石畳の上へ引き返す。

ごめんなさい、母さま。

「……私の自由は、あの方のもとにしかないの」

たとえ誰を敵に回したとしても、彼に繋がれることこそがこの切なさから解放される唯一の方法であり、最大の望みだ。

「君は間違えてる。本物の自由を知らないからそう言うんだ」

「私の『本物』を他人に判断できるわけがないわ。私はあの方が好き。あの方でなければだめなの。繋がれていたいの。でなければ心は自由になれない。彼の側で暮らせるなら、私はいかなる責めでも負うわ……！」

口から咄嗟に零れ出た言葉は、耳から戻ってルーカを強く決意させる。そうだ、いかなる責めでも負う。

元首としての義務を彼が怠るのなら、自分がそれを補うだけの働きをすればいい。

――立ち向かえばいい。

石畳の上に置かれていた木箱を再び担ぎ、ルーカは踵を返すと、来た道を一目散に駆け戻った。向かうは謝肉祭《カルネヴァーレ》の夜に引きずり込まれた無人の工房で、身をひそめているならきっとそこだろうと思った。

予想通り、元首と補佐官は荒廃した部屋にひそんでおり、ミケーレは前回同様に申し訳なさそうな顔でルーカを見たが、迷いを振り切ったルーカの心には喜びしかなかった。

「アルトゥーロさま」

闇に呼びかけた途端、力加減なく左肩を摑まれ、壁に叩きつけるように押さえ込まれる。痛みはあっても、摑まれた感触は愛すべき拘束のひとつでしかない。

「ルーカ……ルーカ。すげ替えは順調に進むのに、民は喝采を浴びせるのに、まったく満たされない……おまえがこの腕の中にいなければ、わたしは損なわれたままだ」

ふたりきりになるのも待てず縋るように抱き締められ、覚えのある体温にほうっとため息が漏れた。

懐かしい外套の香りを思いきり吸い込む。かすかに鉄のような血腥《ちなまぐさ》い匂いが鼻孔を掠めて、彼の体が震えていることに気づく。月光のもとに照らし出された剣《スパーダ》――卓上に置かれた彼の剣は前回目にしたときより柄が随分とくたびれて、素人であるルーカにも酷使した形跡が見てとれる。

すげ替え……闇に紛れて、この方が直々に行っていることは恐らく、いくら市民が支持したとしても人道的には決して赦されないものだ。いつかどこかで取り返しをとられ、罰が下る日が必ずやって来る。

だがそのときこそ側にいて、共に責めを受けよう。

「大丈夫。あなたは大丈夫です、アルトゥーロさま」

「この場凌《しの》ぎの慰めなどいらない。わたしが欲しいのはおまえ自身だ」

噛み付くようなキスを受け、遅れて目を閉じると、両肩を下っていった乱暴な掌がルーカの両手首をとらえ、体の前でひとつに合わせた。そこに布切れのようなものを巻き付け、キツく縛りあげてくる。

「わたしを愛せ、ルーカ。でなければ孕むまで何度でも犯し続ける」

憐れみの欠片もなく自らを脅かそうとする冷淡な言葉に、ルーカはゾク、と肩を震わせ内に熱を籠らせる。

　ああ、これこそが私の知る最上の自由。

　ただひとりを愛し、ただひとりとして愛されることを自分に許す自由。

「それは、本心を申し上げてしまったら抱いてくださらなくなるということですか」

「……どういう意味だ」

「愛しています。アルトゥーロさま、あなたおひとりを愛しています。ですからその腕を緩めないで、一晩中離さないで……」

　言うと、括った両手を頭上に持ち上げられワンピースの胸元を裾まで縦に割かれていた。短刀かなにかを手にしていたのだろう、直後にカラリとそれを放った音が部屋の南の隅で上がり、窓から差し込むわずかな月光のもとにルーカの白い膨らみが照らし出される。

　恐怖はなかった。見つめられていると思うだけで、そこにじりじりとしたもどかしさを覚える。

「本気で言っているのか」

　懐疑的な問いをして、アルトゥーロはドロワーズを引きずり下ろしながら左胸の先を咥えてくる。期待した通りの感覚に腰の付近が淡く疼いた。

「ッ、あ……抱いてくださるなら、どのように思われてもかまいません。ですが、私は真実、アルトゥーロさまのものになる覚悟で参りました」

「覚悟？」

「あなたに嫁ぎます。一生涯、アルトゥーロ・オルセオロさま、あなたおひとりに」

他の誰にも代えられない。

なにを与えてくださらなくとも、なにを奪われようとも、あなた以外の選択肢はない。

「側にいたい。拘束されていたいのです……」

完全に身を委ねきっての告白に、ピクリと肩を震わせたアルトゥーロだったが、責めの手を緩めることなくルーカの全身を貪り始めた。深いところで繋がれて、揺さぶられながらルーカは初対面で感じた印象を胸に蘇らせる。

——やはりこの方はガラスのよう。

冷えれば堅く、他から力を加えられても形を変えず、しかし割れれば他をも傷つけてしまう危険性を常に孕んでいるからこそ美しく、見るものを惹きつける。

「……ン、っぁ、あ」

「もっとだ。もっと奥まで行かせろ……」

何度壊れてもかまわない。そのたびに私のなかでまた熱く溶かして元の形に戻せばいいのだわ……。

＊＊＊

ルーカの身体を貪りきって若干の平静を取り戻したアルトゥーロは、空が白み始めた明け方に帰島し、元首官邸一階の船着き場から開廊《ロッジア》を経由して小広場《ピアッツェッタ》へ出た。

目の前のものはやけにすっきりと、闇を払ったように見える。

ユアーノ島へ向かうまでの視界には常に闇が覆い被さり、損なったモノを壊したい衝動を抑えきれずにいたのだが。

早朝の石畳の広場には隅に幾人かの物乞いが身を丸くして眠っており、アルトゥーロはやせ細った母の最期の姿を思い出す。彼らをこのような状況へと追いやったのは国庫にたかる貴族議員たちだが、そこに最も深く巣くっているのは大貴族オルセオロ家に他ならなかった。

利用価値がなければ、下街の市民はまずアルトゥーロを受け入れもしなかっただろう。ミケーレに保護され、議員のすげ替えに協力するよう民衆に根回ししてもらえずにいたら、闇の中で葬られていたのは自分だったかもしれない。

「行くぞ、ミゲル」

アルトゥーロは背後の補佐官を下街時代に慣れた名で呼び、足早に小広場の先、貴族の邸宅が建ち並ぶ一角を目指す。官邸の目と鼻の先にあるその地区に、オルセオロ家の館はひときわ高く、権力と富を象徴するように大きく聳《そび》えている。

――いつかは必ず対峙しなければならないと思っていた。

ここを突かねば改革は真に済んだとはいえない。ルーカには黙っていたが、実は三日前にアルトゥーロは父から手紙を受け取っていた。内容は、今回の改革で海への信仰をやめ、すなわち元首が結婚する自由を手に入れるのなら、相手は父が見つけてやる、しかし資質に欠けた女を勝手に選ぶならすげ替えてやる、という脅迫めいたものだった。

父にとってルーカの火傷だらけの手は間違いなくすげ替えの対象となる。

放置はできない。

奮起して正面の大階段を上り始めると、最上段に立っていた衛兵が下がり、扉を開いて恭しくふたりを迎えた。住み慣れた石造りの館内に足を踏み入れれば、一部の不具合も見当たらず、埃ひとつ拾えない景色を前にする。

それらを哀しいかな好ましく感じつつ、アルトゥーロは四階まで内階段を上がった。

奥に位置する主の寝室の前に衛兵はひとり、次期当主に下がれと命じられ、大人しく去ってゆく。それを見送り、ミケーレと目を合わせて扉を開いた。

天蓋つきの寝台へと歩み寄りながら剣を鞘からすらりと抜くと、甘美な衝動と共に燻っていた怒りが込み上げてくる。

一体どれだけのものをこの男に奪われて来たことか。

白いものの混じった漆黒の髪。同じ血が流れていることが忌々しくてならない。

思えば、この父こそが自分を損なわせていた。

ルーカは火傷だらけの手を誇らしげに、完璧に近づいていくのだと言った。そのような価値観を父はアルトゥーロに与えはしなかった。家族を取り上げられ、友人を取り上げられ、ありのままを受け入れる精神を取り上げられ、怪我のひとつで欠けていると見なす概念を与えられた。それが何もかもの始まりだった。

本当に『損なっている』のは父の心だ。

「すげ替えさせてもらおう。オルセオロ家当主を」

剣の切っ先を振り下ろすと、壁面には刃から零れた朝日の反射光が、そして枕元には無残な赤黒い斑点が不規則に散る。

「ひ、ッ……」

壁に飛んだのは部屋の主の鮮血だ。肩口を軽く掻かれた厳父は呻きながら飛び起き、アルトゥーロの姿を認めると衝撃を受けた様子でベッドから転げ落ちる。這って後ずさっても、その退路はミケーレが塞いでいるので無駄だ。

「あぁ、アル……やめろ……父親だぞ、私は」

命乞いをしようとする唇は震え、言葉にならない声をも発している。周囲の人間をもっと酷い目に遭わせておいて、滑稽な姿だと嘲笑が漏れる。

「そうだな。わたしをこの世に生み出した者としての最低限の敬意を示し、命までは取らずにおくから安心したまえ。だが貴公は今日から貧民街の住人、貴族の名を捨てて生きてもらおうか」

母と同様にな、と告げて、アルトゥーロはククと喉の奥を震わせる。達成感を、わずかに身震いするような快さが上回っていた。

「いや、貴公には代わりの名前も不要だろう。空気のように、無の存在として扱うよう市民には願い出ておく。抜かりはないぞ。彼らは過去にわたしが行ったすげ替えの後処理でも周知徹底しているからな」

腕には古傷の痛みと共にいっそ破壊してしまいたい衝動が湧き上がっていたが、それを抑え込んだのは直前のルーカとの安らかな時間に他ならなかった。

「これよりオルセオロ家の当主はこのわたし、アルトゥーロ・オルセオロだ」

宣言したアルトゥーロはこれで『内』の完璧から解放されるとともに『外』に完璧を構築できる立場になったのだと思いかけて、ふるりとかぶりを振った。

わたしは父と同じような当主にはならない。

ならない……。

エピローグ

祝祭の街、エネヴィア共和国に夏が来る。

初夏の日差しの下、謝肉祭《カルネヴァーレ》と復活祭《パスカ》の余韻さめやらぬ中、華やかに幕を開けるのは『海との結婚《フェスタ・デッラ・センサ》』だ。

島々に点在する広場という広場には労働者の組合《スクオーラ》ごとに宴会の席が設けられ、人々は昼夜を忘れエネヴィアによる海の恒久的な支配を願い、一年の平和を祝う。

例年であれば、儀式は潟《ラグーナ》にて、元首が黄金の御用船《ブチントーロ》から金の指輪を投げ入れて海との結婚を宣言するのだが、今年は少々変化があるという。

「ルーカ様、何かお手伝いしましょうか？」

若い女中に声をかけられても、ルーカは針を動かす手を止めることも、顔を上げて答えることもない。元首官邸の執務室の奥、窓辺の椅子に腰かけたきり、ただもくもくと刺繍に励んでいる。

それだけ真剣になっているのは明日が『海との結婚』の儀式当日で、自らの婚礼衣装の仕上げに入っているからだが、周囲からすればテーブルクロスを繕っているときの様子と大して変わらなかった。

「あの子、昼食にも口を付けようとしないんだよ。どうする、ヴィオーラ」

アンナは黒いワンピースのはちきれそうな腰に両腕を当て、共に元首の執務室を覗き込んでいる古い友人に問う。

「放っておけばいいさ。倒れる前にはなにか食うだろ。アンナ、あたしは炉へ行くよ」

呆れ声で答えたヴィオーラは二週間前、娘を迎えに来た元首の御用船で共に本島へ引っ越してきた。ユアーノ島に永住すると言って渋ったヴィオーラを説得したのはミケーレだったが、どのような言葉でその頑なな態度をひるがえらせたのかはルーカも知らない。

「ああ!?　明日が娘の結婚の日だってのに今日も働くのかいっ」

「本人たちだって働いてるだろ。それに、貧民街から通うようになった細工師の見習い達に早く技術を身につけさせねば」

そう、官邸の敷地内には国立のビーズ工房が設立され、国民であれば誰でも無償で弟子入りが許されることとなった。手に職のない貧民街の者を中心に男女問わず受け入れ、住み込みで技術を学ばせるのだ。

元首アルトゥーロ・オルセオロの名の下に。

現在はヴィオーラを筆頭とするユアーノの細工師数人が指導にあたっており、結婚後にはルーカもそこに加わる予定だ。

「いくら国が富んでも国民が勤勉性を失ったらお終いさね。その点、元首さまは良いところに目を付けられた」

ヴィオーラは言う。

「豊かさは金で買えるが、心の貧しさまでは救っちゃくれない。しかし技術ってのは金だけでなく目標と自信を同時に手に入れられるモンだ。それを授けられる力があたしにある限り、休んでいる暇なんてないよ」

誇らしげな友の横顔を、アンナは微笑んで見つめる。

「……あんたら母子は筋金入りの仕事中毒だねぇ」

そしてヴィオーラが廊下の先へ消えていくのを見送り、傍らにいた細身の女中を連れ大評議会の間へと急ぎで向かった。午後の審議が始まるまでに、掃除を終わらせなければならないのだった。

扉が半開きになったままの元首の執務室の前には、代わって青紫色の外套をなびかせてミケーレがやってくる。右手には豆のスープを載せたトレーが載っており、それを顔の横に掲げるようにして左手で扉を開く仕草はダンスをするように優雅だ。

「ルーカ。ルーカ・カッリエーラ嬢」

　柔らかいながらも毅然とした口調で呼びかけられ、ルーカはびくりと背を伸ばして椅子から転げ落ちそうになりつつ席を立つ。

「み、ミケーレさま」

「フルネームで呼ばれると我に返るという噂は本当だったのですね。危うく頭突きを頂戴するところでした」

「う、うう、申し訳ありません……」

「いいえ、回避しましたから大丈夫ですよ」

　おかしくてたまらない、といったふうに肩を揺らし、ミケーレはトレーをルーカの傍らの三本脚の円卓に置く。

「アルトゥーロ様があなたにこれを、と。心配していらっしゃいますから、せめてお食事はお取りください」

「ありがとうございます。もうお昼、過ぎていたんですね。気づきませんでした」

「でしょうね。アルトゥーロ様が覗きに来ても、母上とアンナたちが声をかけても、お気づきにならなかったようですし」

「あ、ああ……」

　アルトゥーロにも集中する姿を見られていたのだと知り、ルーカは恥ずかしさのあまり熱くなった頬を左右から両手で覆った。またやってしまった。

元首さまは声をかけてくださったのだろうか、まさかかけられても気づかなかったのだろうか……無視していたのだとしたら、やっと再会できたというのに早速の大失態だ。

「あの、いただきます……」

ひとまずこれ以上集中しすぎるのはやめよう、とルーカはドレスと裁縫道具を床の上の籠に入れ、卓上のスープ皿を手に取る。ルーカがそれを口にしたのを確認し、ミケーレは安堵した様子で補佐官の席に座った。

――最初の嫁入りの日から明日で一年が経過しようとしている。

アルトゥーロは二週間ほど前、宣言通り改革を終え、ルーカを正式にたったひとりの妻として娶るためにユアーノ島まで迎えに来た。

同時に細工師も島から解放され、本島との行き来が可能になり、さらに国立工房での指導も始まったため、ビーズの技術の流出はやむなしとされている。代わりに、ユアーノ島で生産された正規品には国が定めた刻印と鑑定書がつけられ、値を保つ算段だ。

とはいえまだ、島から出て暮らそうという細工師の人数は多くない。順応するまでにはそれ相応の時間がかかるだろう。

「ミケーレさま、お伺いしてもよろしいでしょうか」

皿の中身を空にすると、ナプキンで口元を拭いながらルーカは問うた。

「ミケーレさまはどうして、元首さまの改革をあれほど強硬に推し進められたのですか？」

「強硬に？　なんのことです」

補佐官の机に向かい書類に筆記していたミケーレは手を止めて答える。

「ごまかさないでください。カルロさま側に間諜を送り込んでタイミングよく情報を売ったり、下街で剣を握らせて元首さまにわざと揺さぶりをかけたり、船を一隻沈めてしまったり……全部、元首さまが行おうとしていた改革のためですよね？」

「あれは必要に駆られて、です。当初はもっと穏やかに、下街にいた頃のことを思い出していただこうと思っていたのですが、あの方は忘れていたかったようで、どうにも頑固でして、徐々にエスカレートしてしまいまして……ご迷惑をおかけしました」

口角を上げ、優しい笑みと共に返された台詞はいかにもそらとぼけていて、なにかを隠しているのは明白だ。

「私は別に、ミケーレさまを糾弾したいわけではありません。ただ、何故そこまでして元首さまの改革をお膳立てなさったのか、理由が知りたくて」

ルーカはドレスを再び膝の上に載せ、刺繍の続きをしながら問う。金糸で刺しているのは先に仕上げた元首の外套に施したものと同じ、エネヴィアにて永遠を意味する石榴の実の柄だった。

「理由でしたら一年前からもうご存知のはずですよ。ほら、夜会の食事のときに申し上げたでしょう。わたしは今『父の遺志を継いで』仕事をし、『昔ここで父とときどき面会していました』と」

「ここで……？」

政治家、だろうか、いや──。

頭をよぎったのは元首だった。もしや先代の元首さまが細工師以外の女に産ませた子供とか？

だが、それでは誓いを破ったことになる。海が怒りペストが最後に流行したのは三百年前だ。計算が合わない。

するとミケーレは書類の上に視線を落とし、ガラスのインク壺に羽ペンの先を浸しながらやや緊張の面持ちになって言う。

「そうですね、私はあの晩『母は遠くで今も健在』ともお伝えしましたよ。遠く、というのはユアーノ島のことですが」

「え」

まさか、とルーカは針を持っていないほうの手で口元を押さえた。ユアーノ島に住む女は皆、細工師だ。ミケーレさまが細工師の子供……？

「おかしいとは思いませんでしたか？　島の女達が女児しか出産しない件に関して」

「い、いいえ。皆そうでしたし、当たり前でしたから」

「男がいると勝手に繁殖する可能性も、環境に反発して暴動を起こす可能性も出て来ますからね。細工師の子供は、意図的に女児しか連れ帰らせなかったのですよ。男児は全員、産まれてすぐに亡くなったと母親には告げ、本島の孤児院で育てられていました」

自分もそのうちのひとりであり、息子たちは先代元首の計らいで時折ここに呼び出され、ひっそりと父との時間を過ごしていたのだとミケーレは打ち明けてくれた。アルトゥーロもそのことを知っているそうだ。ああ、それで初対面で自分を細工師と見抜いてくれたのか、とルーカは納得する。

「父は……先代の元首は心を痛めておいででした。いつか細工師たちを解放したいと画策したようですが、国庫にたかって贅沢三昧をする貴族たちからの反発が大きく、実現には至らなかったとのこと」

「では、細工師を解放するのがお父様のご遺志、なのですね」

「はい。アルトゥーロ様のおかげで叶いました」

黄金の前髪を揺らして頷くミケーレを見て、そういえば、母は三度の嫁入りをしたと言うが、連れ帰ったのは自分だけだという事実に気づく。もしかしたら、探せば実の兄を見つけることができるかもしれない。

驚愕のあまりただ目を見開いて呆然とするルーカに、ミケーレは自分の髪を示して言う。

「よくご覧なさい。私とあなたの髪の色はそっくりでしょう」

砂金石《アヴェントゥリーナ》色の髪——黄金の髪。確かに言われてみれば大差ない。

「……それなら、もっと早くに教えてくださってても良かったのに」

「知らないほうが良いと思ったのですよ。私はあなたにとても酷いことをしました。血の繋がりがあるとわかれば、恨みにくくなるでしょう」

沈痛そうなその言葉が、精神バランスを崩した元首を連れて現れた、謝肉祭《カルネヴァーレ》のあの夜をさしていることはすぐにわかった。

「恨むだなんて。あの晩、無理矢理にでも元首さまに逢わせてくださって良かったと私は思っています。でなければまだ、意地を張っていたかもしれませんから」

ルーカは立ち上がり、ドレスと裁縫道具をバルーンバックの白い椅子に置くと、穏やかな気持ちで補佐官の机の左脇まで歩いていく。

「自分が元首さまのためにできることはビーズ作りしかないと考えていました。身を引いて、細工師として生きるのが一番あの方のためになるのだと。けれど」

今は妻として、あの方の仕事を支えていきたい。そして。

「危機には共に立ち向かいたい。罰は共に受けたい。そのために、あらゆることを学んで、もっと強くならねばと思うんです」

「それは頼もしいですね」

本日、やけによく笑う補佐官は、書類を書き終えた様子で書簡箱を左手に立ち上がると、笑顔で右手をルーカに差し出した。女性をエスコートするときの仕草ではなく、家族として、仲間として対等の握手の催促だった。

「期待していますよ、エネヴィア共和国初のファースト・レディ」

＊＊＊

ミケーレが部屋を出て行き、執務室にひとり残されたルーカは固い握手の余韻に浸りつつ、窓辺の椅子で膝の上にドレスを広げ直す。純白の婚礼衣装は胸元がオーガンジーのレースに覆われ、スラッシュ入りの袖が二重に膨らんでいる清楚な仕様だ。

これは初夜を終えた花嫁のための衣装部屋にあったものだが、一から仕立て直すと手間も賃金も高くつくため、国のこれからの財政を考えて、サイズ直しとリメイクで充分だとルーカのほうから申し出たのだった。

「ルーカ？」

すると、耳慣れた低く甘い声で呼びかけられて、ルーカは首だけでぱっと出入口の方角を振り返る。両開きの金縁の扉の右側から、姿を現そうとしているのは部屋の主だ。

「アルトゥーロさま！　午後は審議に出席なさっているはずでは」

期せずして対面でき、嬉しくて口元が弛んでしまう。

「質疑応答の擦り合わせが長引きそうなのでな、一時間ほど開始を延期した。少々暇ができたんだ。——ああ、かしこまるな。座ったままでいい」

彼は暑かったのか、引き裾のある深紅の外套を脱いで右手に持っている。それを元首の机に放り、重々しい内衣《ソッターナ》をかぶりで脱ぐと、黒い脚衣と薄手の庶民的な綿のシャツ姿になって、くつろいだ表情でルーカの傍らへやってきた。

「朝よりだいぶ進んだな。集中しただろう」

そこにはかつてルーカを凍り付かせるほどに我を見失った元首の姿はない……表面上は。

「はい、あの、申し訳ありませんでした。アルトゥーロさまが部屋にいらしたことにも気づかなかったようで、ンっ」

答えた唇を軽いキスでさらわれ、どきりとしたルーカは危うく刺繍針の先を左手の人差し指に刺しそうになる。毎晩のように抱かれているのに、何故いつまでも慣れないのだろう。

「謝るな。わたしはおまえの独身最後の真剣な横顔が見られて満足している。それで、昼食は？　ミケーレに運ばせた豆のスープはきちんと食べたか」

アルトゥーロはルーカの真後ろに立ち、腰かけている椅子の背もたれに腕を重ねて載せると、上半身を丸めて細い肩越しに花嫁衣装を見下ろした。

「はい。ありがとうございます、美味しかったです。豆のスープはここへ来た日、初めて食べたものでしたね」

闇を細く裂いたような髪が、右耳の近くに垂れ下がるのがくすぐったく、ルーカは肩をすくめる。

「ああ覚えている。あんなふうに扱われて、ショックを受けて食事など喉も通らぬかと思いきや、残らず平らげたのだ。だからよほど好きなのだと思ってな、今日も用意させたのだが」

「そんなふうに覚えていらっしゃったのですか」

「もちろん。おまえのことだけは、はっきりと覚えている。……他はあやふやな部分も多いのだが」

寂しそうに発言する元首はその言葉通り、ルーカを官邸に取り戻した途端に自身が議員のすげ替えを行っていた記憶に蓋をしてしまったようだった。

父親と同様ではありたくない、と忌避しながらもその性質から逃れられない姿を、切なくも哀しく、支えていきたいとルーカは思う。

もう、すげ替えなど行わなくとも、民の支持を得られる元首であるように。

潔癖なまでの完璧さではなく、彼が持つ優しさや強さが支持されるように。

もっとできることはないだろうか。

「さてルーカ、空いた一時間をわたしはどう潰すべきと考える？」

悪戯っぽい台詞の後に右の首筋にキスが降ってきて、ルーカは身をよじらせてアルトゥーロに恨めしそうな視線を送る。

「私がここで刺繍、と答えても、なさることはご一緒では……」

「よくわかっているじゃないか。では、いつものように両の手首を」

「こ、ここで、ですか？」

「寝室でじっくり弄らせる気があるのなら、そうするが」

寝室でじっくり……嫌だなんて嘘でも言えない。仕上げに差し掛かりつつあるドレスを置いて少々迷いながらも頷けば、右左の手を順番に取って甲に恭しいキスを与えられた。

そのまま手首を重ねたところに、裁縫道具の中から引き出した、太めのサテンのリボンを何重にも巻かれる。

それを仕上げに蝶々結びで飾られたら、抱きかかえられて連れて行かれるのは廊下の奥の元首の寝室だ。

アルトゥーロはルーカの腕を拘束すると、未だに酷く安堵した顔になる。ルーカもルーカで、繋がれたいと願ったのは己ゆえ毎回喜んで両腕の自由を差し出している。

「……脱がせてから縛ったほうが良かったか」

寝台の上でルーカのワンピースを脱がせようとして、袖が抜けないと気づいたアルトゥーロは喉の奥でくっと自嘲した。

「一旦ほどきますか？」

「わたしがやる。じっとしていろ」

リボンの先を引かれ、あっけなく弛《ゆる》む結び目が惜しい。解放される感覚を寂しく思っていると、ドレスを脱がせ、コルセットを強引に外したアルトゥーロの手が、ルーカの手をそれぞれ包み込み寝台に押さえつけた。そうして自由を奪うように。

「本当に美しい手だ」

顔の左右で重なり合った掌が、左右の視界の角にかすかに映り込んでいる。ぬくもりを混ぜ合わせるように擦り合わされ、ルーカは恍惚として吐息を漏らす。

「あ……」

「こんな拘束も悪くないな。わたしがおまえをとらえ、おまえがわたしをとらえている」

指を組み合わせてルーカの両手をぎゅっと握ると、アルトゥーロは満ち足りたように口角を上げ、唇を右の膨らみへと落とした。先端を強く吸いながら舌でしごかれ、尖っていく感覚に全身が疼き始める。

「アル、トゥーロさま……、ん、きゃぁっ！」

悲鳴が漏れたのは、突如腰に腕をまわされ、体をひっくり返されて彼の上に載ってしまったからだ。自分の体重で押しつぶしてしまわないかと慌てて身を引こうとするが、繋ぎなおされた両手がそれを阻む。

自分の胴にルーカを馬乗りにさせ、アルトゥーロは愉快げに仰向けの状態でずるずると頭の位置を下げていく。

「そのままだ。動くなよ」

「な、なにを、……っァ、ャぁっ!?」

ひろげた脚の付け根を真下から覗き込まれ、あまつさえ蜜口を舌でぺろ、と舐められては、ルーカが震え上がらないわけがなかった。

「だめ、ぇ……っ元首さまの、お顔を跨ぐ、なんて」

「わたしが進んでしたことにおまえが恐縮してどうする。こうしていれば蜜を一滴も無駄にしなくて済むだろう。もっと腰を落として、わたしの口元にそこを寄せろ」

「でも、っ」

「口ごたえは許さない。ほら」

握られた両手を前方にずらされ、ルーカの体は自然と前のめりになる。すると前付きの割れ目がアルトゥーロの唇に当たり、そこをクチュリと吸われる羽目になった。

「やっァ、ア……っん、あ、あ、そんなに、舌、動かさな……で」

花弁の一枚一枚を退かして、隙間をくまなく舐める動きには余念がなく、ルーカは身体を悶えさせる。

「わたしの口は熱くて好き、なのではなかったか」

「……ッ、は……そこまで申し上げた覚えは」

「では嫌いか？」

茂みに唇を当てたまま尋ねられたら、かすかな振動に粒がじわりと確実な熱を持ち始めた。体の芯が溶け出して、蜜口から垂れてゆくのがわかる。

「いえ、す……好きです……アルトゥーロさまの、お口でそこに意地悪されるの、好き」

蜜を舐め啜られ嚥下《えんか》される様子を真下に見て、ルーカの唇からは熱を孕んだ息が零れる。

「意地悪しているつもりはないぞ。催促しているだけだ」

「ア、っあ、催、促？」

「ああ。もっと飲みたい。おまえの蜜を味わいたい。まだ出せるだろう。出せ……」

そう言って蜜口を直接吸ったアルトゥーロは、拘束するように組み合わせていた指を解き、ルーカ自身の掌にふたつの胸の膨らみを掴ませる。ルーカは戸惑ったが、彼はその様子すら喜ばしいようで、その上から自らの掌を当て、包み込むと、ぐにぐにと間接的にそれを弄び始めた。

「どうだ？　わたしがいつも愉しんでいる、おまえの乳房の感触は」

「あぁ、ッは、ヤぁ……や、柔らかい、です……」

「ではそのまま捏ねていろ。わたしはこれを、硬く勃つようにしてやる」

元首がこれ、と呼んだのはルーカの指の間から、はみ出している小粒の突起だった。言われるままに双丘を揉み込むそばから、先端だけをつまんでしごかれて、意識が飛びそうになる。

「いや、元首さ、ま、これ、いやぁ……あ、はぁっ、ァあ、ンン……っだめ、お、お顔の上で、達して、しま……、ぁ、あ……あ」

両の胸を存分に感じさせられながら、蜜をもっとと催促する舌に浅く内壁を探られて、ルーカは太ももをがくがくと震わせてしまう。上から舐められるときより、ずっと深いところまで舌が届いている気がする。

「ルーカ、感じるところをわたしの舌に当てて腰を前後に揺らせ」

「は、ふぁ……あっ、そ、んな、で、できませ……っ」

「できないなら手伝ってやる」

右手で右胸の先端を捻ったまま、左手で左の太ももを抱え、アルトゥーロは舌を大きく出して無理矢理ルーカの腰を揺すってくる。花弁の間と蜜口を擦るように行ったり来たりと舐められて、びくびくと体を震わせるしかなかった。

「ぅあ、あ、あ、だめ、いい……達っちゃ……いっちゃ、ぅ、きもちぃ、だめ、離してください……っ」

もう、限界は目の前だ。

内壁が、花弁のひくつきを伴って痙攣を始め、このままではいけないと腰を持ち上げようとするのに、左の太ももを押さえている腕に力の加減はなく、わずかの抵抗もできない。

「いヤっ……イヤ、いやぁ、あ、ん」

胸を揉む余裕もなくなってただ強く握り込むと、より強く舌を押しつけて粒を舐められた。そこでルーカは背を仰け反らせ、愛する人の舌の上で激しく弾けてしまう。

(私、なんて格好で……)

恥ずかしくも恐れ多く、早く体勢を変えねばと身を捩ったが動けなかった。量を増してとろけ出した蜜は熱い舌に拭われ、内部にあるものもしっかり吸い出され、彼の喉元を過ぎていく。

「甘い……ルーカ、こんなにたっぷり出して、いい子だ」

一気に力を失った体は、寝台に横たえられて組み敷かれる。たくましい胸に見惚れていると、脚を開かされてまだひくついている蜜源にアルトゥーロの侵入を許した。内側の空洞をぴったりと埋められて、ルーカは甘く吐息する。なんて幸せなのだろう。

「……ああ、昨日もこうして抱いていたというのに、おまえの体は毎回新鮮でまったく飽きない」

「はぁっ、あ……なか、きついくらい……、やはり、元首さまでいっぱいにされるのが一番……嬉しい……」

奥まで満たされる感覚に感極まって目尻から涙を零すと、そこに唇を押し当てて微笑ましげに笑われてしまう。

「ルーカ、『元首』ではないだろう？」

「あ……アルトゥーロ、さま」

「そう。心地良いときはわたしの名を呼べ。そうしたら、その場所をもっと突いてやる」

再び両手を顔の左右で握られ、寝台に押さえつけられる。胸の先を舐めながら、襞の隅々までを押し広げての出し挿れが始まり、ルーカはすっかり鼻にかかった声で愛しい名を呼んだ。

「アルトゥーロさま、ぁあっ、あ……アルトゥーロさ、ま」

「呼び続けられると、どこが良いのか区別が付かないだろう。……こっちはどうだ？」

「あッ、ァあ、ア、ルトゥーロ……さま、ぁ……」

右の内壁を柔らかな先端でグっと押され、ルーカはアルトゥーロの手を握り返しその名を呼び続ける。左を押されても、奥に突き込まれても、わざと音を立て掻き混ぜられても。

「ルーカ、そんなに良いのなら敬称をとればいい。もっと沢山呼べるようになる」

「ァあぅ……は……で、も……呼び捨てる、なんて」

「さあ、練習だ。ここは？　好きだろう？」

「んぁふ、……あ、アルトゥー、ロ……」

やや浅い位置を上に向かってゆったりと擦られ、催促されたようにそう呼んだルーカだったが、やはり気が咎めて小声で「さま」と付け足す。

「だめ、やっぱり、恐れ多くて呼べませ……っ」

彼は物心がついたばかりの頃から敬愛してきた元首の立場にある方なのだ。中でもたったひとり特別な存在となると、ますます軽々しくは呼び捨てられない。

「おまえはこと呼び名に関しては頑固だ。これから、じっくりと言うことを聞くように躾けてやらねばなるまい」

くくくとおかしそうに体を揺らした元首は、花嫁の両手を握りしめて奥を突く。そして、自らをそこに解放するまで緩急をつけて、休みなく柔襞《やわひだ》の間を往復し続けたのだった。


こうして迎えた『海との結婚《フェスタ・デッラ・センサ》』当日——。

穏やかな潮風が吹く晴天の空のもと、左右に二十五本ずつの櫂を備えた黄金の御用船は教会島の沖で静かに停泊する。その舳先で純白の共布のコルノ帽を戴き、同色の外套をひるがえしながら元首は振り返り花嫁を呼んだ。

「ルーカ」

花嫁が半年をかけて丹念に施した金糸のビーズ刺繍は遠く地平線の波の煌めきに似て、新郎の引き裾を優雅に飾っている。

「はい」

同じ糸で同じ模様を刺した純白のドレスをはためかせ、ルーカがその力強い掌につかまると、体が一瞬軽くなり、花で飾られた舳先へと引き上げられていた。

「あ、アルトゥーロさま」

腰に腕を回され、体の前面が密着するほどしっかりと抱かれて、生まれて初めて念入りに化粧を施したルーカはレースのヴェールの内側にいながら気恥ずかしくて俯いてしまう。

船上には元老院議員に聖職者の面々、母ヴィオーラ、アンナ、ミケーレ、そして彼の家族が数人立会人としてこちらに注目していて、どう振る舞ったら良いのか見当もつかない。

ところでルーカは結局、アルトゥーロの父に会うことが叶わなかった。半年前に跡目をアルトゥーロに譲ると同時に失踪したらしく、今も行方は知れていないのだと聞いている。

夫になる彼の胸元に刺した石榴の模様を見つめながら、ルーカは思う。お父君が居なくなってお寂しくはないだろうか。しかしご自身が当主になったのなら、オルセオロ家の過激な呪縛から抜け出せたのかもしれない、と。

だがそうなると、破壊衝動に怯えていた頃のまま、ルーカの腕を拘束して安堵の表情を見せる件には違和感を覚えざるを得ないのだが……。

するとと儀式用の水色の外套を身に纏い、背中を丸めた老躯の大司教が正面にやってきて、穏やかな声で告げる。

「さあ、おふたりで共に誓いを」

その言葉を合図に、元首の手が焦れた仕草でルーカの視界からヴェールを取り去る。それが風に乗って体の後ろになびいたとき、目の前には厳格かつ雄々しい、しかし、くすぐったそうに目を細めたアルトゥーロの笑顔があった。

（ああ、やはりこの方が好きだわ）

たとえどのような闇を抱えていようとも。

こんな恋は二度とできないとルーカは実感しながら、はにかみつつも彼の腰に腕を回し返す。火傷だらけの両手できつくそこを抱き締める。

「ここに宣言しよう」

低く、毅然とした声が凪いだ潟《ラグーナ》に響き渡る。水平線を背にたったひとりの互いを見つめ、誓う言葉はまるで海への挑戦のようでもあった。

「我は汝と結婚せり。汝が永遠に我のものであるように――」


【了】

あとがき

こんにちは、斉河燈《さいかわとう》と申します。

『寵愛の枷』をお手に取ってくださり、ありがとうございます。

普段はネット上で現代ものばかり書いておりまして、今回は初めてオフラインで一冊まるまる書き下ろすというチャレンジをさせていただきました。

執着系、ファンタジー、踏み込んだことのない領域ばかりで、すべてが手探りでした。今でもこのネタはソーニャ文庫様とはいえ大丈夫だったのか、レーベルを支持する読者様に受け入れて頂けるのか、不安でいっぱいです。

ところでヴェネチアのお祭り『海との結婚《フェスタ・デッラ・センサ》』について知ったのは昨年の夏の終わりでし

た。元首《ドージェ》が潟《ラグーン》へ指輪を投げ入れて行うというその儀式の荘厳さにすっかりやられ、しばらくはヴェネチアに関する本を捲ることに没頭しました。現地へ行く予定もないのに「る[redacted]ぶ」も買いました……（恥）

このとき、いつか『海との結婚』をモチーフにした話が作れたら、とノートに書き留めていたものが今回の叩き台になりました。

（作中のビーズの生産技術や文化風俗、ルビの振り方や時代背景、政治等の諸々に創作が含まれますのでご注意ください）（そうそう、先代元首のお気に入りがルーカの母で、彼女と存在感が似ているためにアンナは解雇されずずっと官邸にいた……というこぼれエピソードがあったのでここに記しておきます）

いつかチャンスがあったら書いてみたい、と考えていたところの渡りに舟《ゴンドラ》、編集Y様には感謝の言葉しかありません。もともと私は謎解きものやミステリが大好きで、そういう作風のものが書きたい、と思ったことが文章を書き始めたきっかけなので、少しでもそのテイストでお話を書かせて頂けたのも嬉しかったです。メールの返信でアルトゥーロの名前の後ろにことごとく『（変態）』の補足がついていたことは一生忘れません。

また、芦原モカ様のイラストが本当に美しくて……石榴柄の外套やらコルノ帽やら、綺麗系だけど若くて可愛いヒロインやら、無茶な要求をたくさんしてしまったのに、何もかもを想像以上に仕上げてくださってありがとうございます。芦原様の描かれる男性の手がツボど真ん中です。どうしたらあんなに色っぽく描けるのでしょう。

そんなことで編集様がご指導くださり、芦原モカ様がすてきなイラストで飾ってくださり、デザイナー様が装丁を整えてくださり……様々な方のお力を借りてここまで辿り着くことができました。かかわってくださった全員の方に感謝しています。

本当に本当にありがとうございます。

そしていつも見守ってくれる家族、サイトを通しての友人たち、ツイッターでお話してくださる方々にもありがとう。これからもどうぞ仲良くしてやってください。

最後になりましたが、お手に取ってくださったあなたへ重ねてお礼を申し上げます。

またいつかお会いできますように。

二〇一三年八月某日　斉河燈

＊資料＊

『海の都の物語1』塩野七生　新潮文庫
『海の都の物語2』塩野七生　新潮文庫
『ヴェネツィアンビーズの魅力』佐藤理恵　平凡社
『ヴェネツィア物語』塩野七生　宮下規久朗　新潮社とんぼの本
『ヴェネツィア案内』渡部雄吉　須賀敦子　中嶋和郎　新潮社とんぼの本
『ヴェネツィア「美の遺産」を旅する』世界文化社
『ヨーロッパ服飾史』徳井淑子　河出書房新社ふくろうの本

Sonya
ソーニャ文庫

この本を読んでのご意見・ご感想をお待ちしております。

◆ あて先 ◆
〒101-0051
東京都千代田区神田神保町2-4-7 久月神田ビル7階
㈱イースト・プレス　ソーニャ文庫編集部
斉河燈先生／芦原モカ先生

寵愛《ちょうあい》の枷《かせ》

2013年10月7日　第1刷発行

著　者　斉河燈《さいかわとう》
イラスト　芦原《あしはら》モカ

装　丁　imagejack.inc
DTP　松井和彌
編　集　安本千恵子
営　業　雨宮吉雄、明田陽子
発行人　堅田浩二
発行所　株式会社イースト・プレス
〒101-0051
東京都千代田区神田神保町2-4-7 久月神田ビル8階
TEL 03-5213-4700　　FAX 03-5213-4701
印刷所　中央精版印刷株式会社

ISBN 978-4-7816-9515-0
定価はカバーに表示してあります。

Sonya ソーニャ文庫の本

『断罪の微笑』 宇奈月香

イラスト 花岡美莉

Sonya ソーニャ文庫の本

『淫惑の箱庭』 松竹梅

イラスト 和田ベコ